龍灣賦

高永兴 著

西泠印社出版社

高永兴，一九六六年六月生，湖北浠水人。一九八八年七月毕业于杭州大学城市规划专业。高级规划师、高级建筑师和高级园林师，中国辞赋学会会员。先后在温州市生态园管委会、温州市塘河管委会、温州市环保局等单位任总工程师。撰有《江心孤屿双塔溯源》《温州城市个性美》《生态园题记》《五福源记》《温州塘河赋》《龙湾赋》《归流赋》《亨嘉会记》《一齉凤鸣赋》《剪纸流风》《水木清华记》《团陂兴序歌》《归兴九首》等。

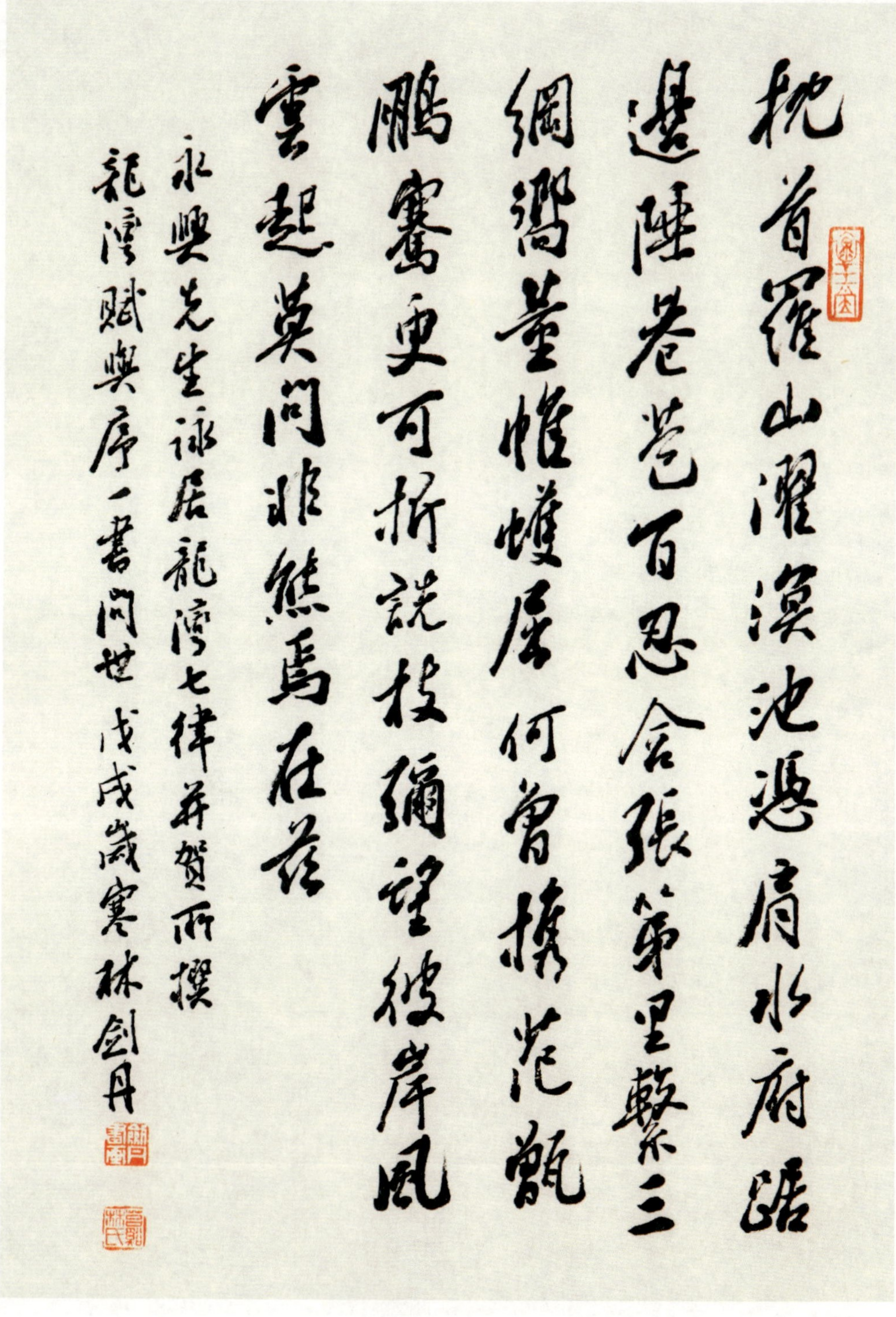
枕首羅山濯溟池憑肩水府踞
遐陲卷苍百忍合張第星繫三
綢繆董帷蠖居何曾携花甑
鵬騫更可折説枝徧望彼岸風
雲起莫問非熊焉在兹
永興先生詠居龍灣七律並賀所撰
龍灣賦與序一書問世 戊戌歲寒林劍丹

林剑丹书《咏居龙湾》

咏居龙湾

枕首罗山濯溟池，凭肩水府踞边陲。
巷苞百忍含张第，里系三纲向董帷。
蠖屈何曾携范甑？鹏骞更可折诜枝。
弥望彼岸风云起，莫问非熊焉在兹！

永兴先生《咏居龙湾》七律，并贺所撰《龙湾赋与序》一书问世。戊戌岁寒，林剑丹。

方立庭 画　章方松跋《罗山秀色》

羅山秀色
永兴先生雅爱
己亥春二月 立庭

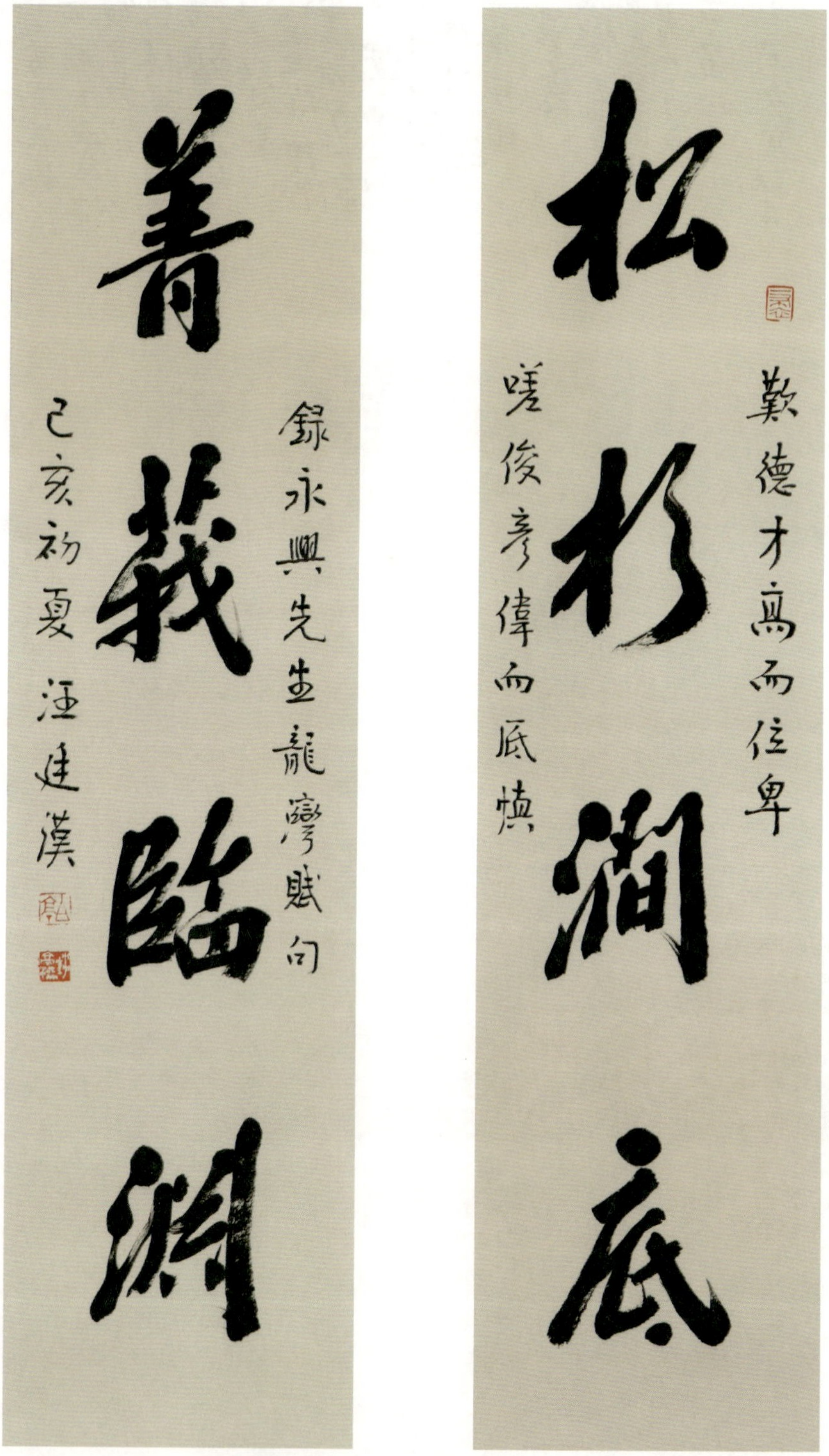

汪廷汉书《龙湾赋并序》警句

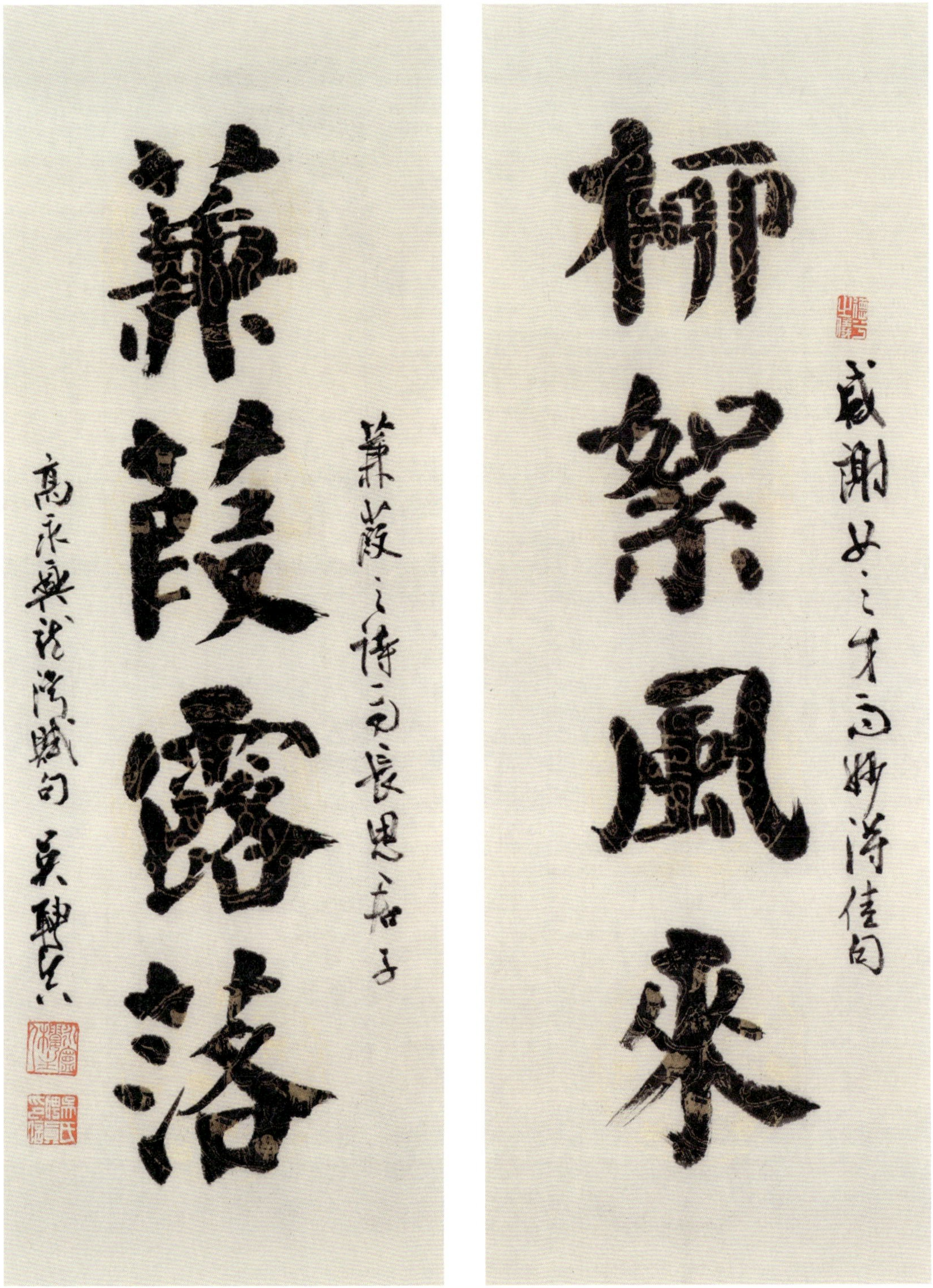

吴聘真书《龙湾赋并序》警句

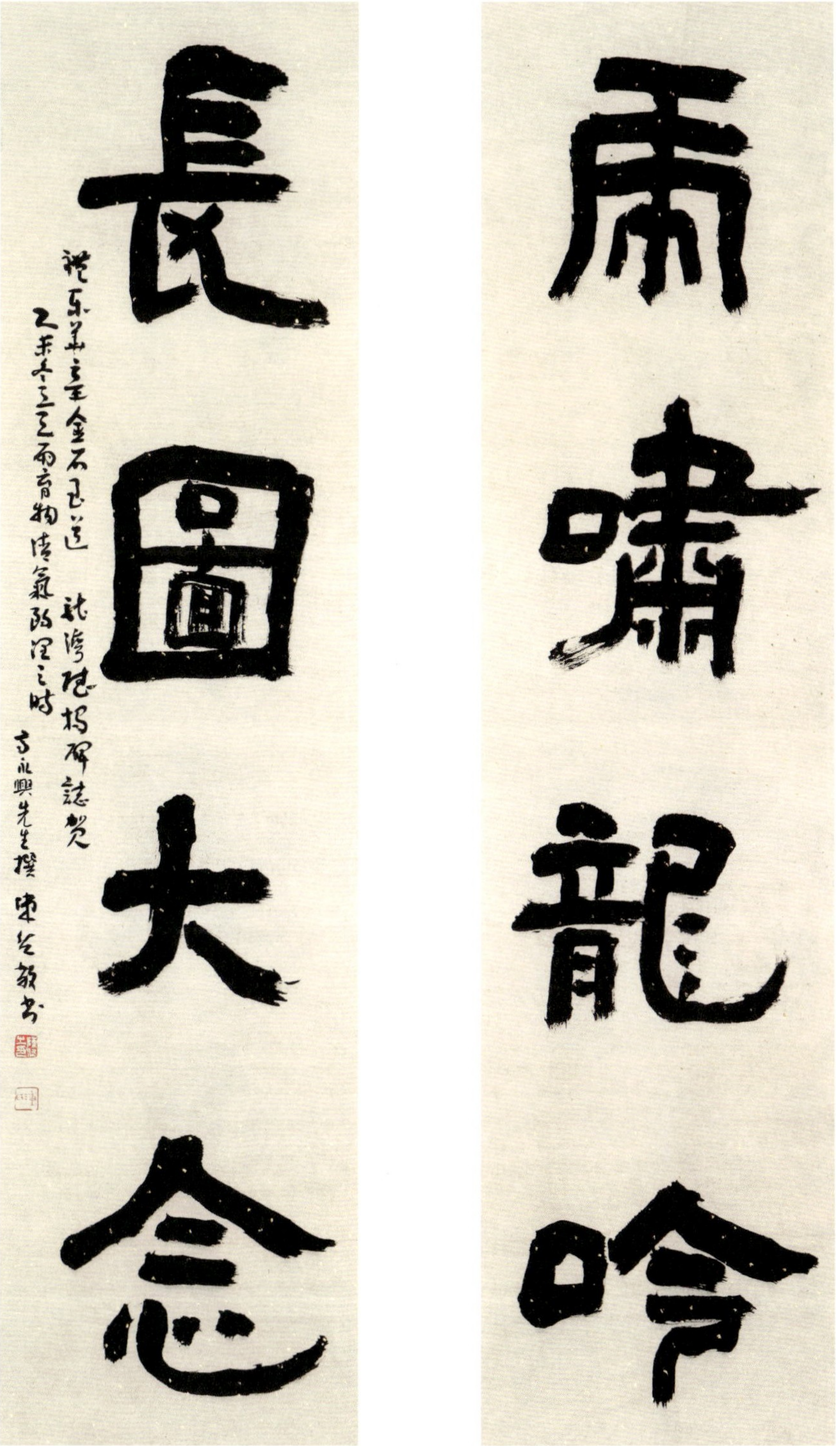

陈佐书《龙湾赋并序》题句

目录

自序

乙未之岁，木库之年。〔一〕因与潘君旭宏兄有旧，伏从所请，草创《龙湾赋》，以共马公振忠仁丈刊石立碑云尔。〔二〕

王文考〔三〕曰：『物以赋显，事以颂宣，匪赋匪颂，将何述焉。』予始以为然，终则难谌！〔四〕回眸左右，省视而今，〔五〕但见竞进之风狷急，事功之俗饕淫。〔六〕五柳寝声，山高颓乎采菊；〔七〕二疏灭迹，水曲顿乎投簪！〔八〕石可支机，楚失砺齿之志；〔九〕流可泛槎，由无洗耳之心。〔一〇〕放浪形骸，京台有忘归之乐；〔一一〕佶屈聱牙，韶武乃无味之音！〔一二〕悲夫！仲尼厄于陈蔡，夸父仆于邓林。〔一三〕夔妃阖于钧曲，屈宋殆于楚吟。〔一四〕典籍之场寂历，篇章之囿萧森。〔一五〕瑶华庶乎寥落，赋颂近乎陆沉。〔一六〕墋黩漫于宇宙，蒺藜沸于尘襟。〔一七〕儇佻之气，一至于斯耶〔一八〕？！

伊龙湾以洞头为表，罗山为怙，〔一九〕上系天端，襟带水府。〔二〇〕倾神州以函弘，衔沧海以巩固。〔二一〕邈北辰而喧嚣，厕云间而觉寤。〔二二〕炳灵气以氤氲，摄精华以含吐。〔二三〕物则由庚，人则合度。〔二四〕人文渊薮，似有仲尼日月焉！〔二五〕

或曰：『人闻长安乐，则出门向西而笑。知肉味美，则对屠门而大嚼。』予虽见识平庸，才德鄙薄。〔二六〕然蹑景非常，希风卓荦。〔二七〕驰神梁园，属意松壑。〔二八〕柳絮风来，蒹葭露落。〔二九〕跨云间之士龙，骑日下之鸣鹤。〔三〇〕称子建之八斗，逊正平之一鹗！〔三一〕乃踵武前贤，躧步邯郸，〔三二〕挹彼注此，错彩波澜。〔三三〕吊六鳌而唏嘘，冯百岛而兴叹。〔三四〕辨蛟室以内奥，揆龙湾以大观。〔三五〕图远迹于千里，振长策于三端。〔三六〕发纤秾于简古，寄至味于藻翰。〔三七〕智拙三途，铅刀一割。〔三八〕偏弦独张，何可仰秣？〔三九〕小道空幽，何可采葛？〔四〇〕惟苏门长啸，以待君子而已矣！〔四一〕

高永兴

撰于徒维掩茂首夏

自序注解

〔一〕木库：天干乙木坐地支未土，未为阴土，藏有天干乙木、己土、丁火，为木墓库，而它的内在气息中，遇木则根固。

〔二〕共：供也。　云尔：语气助词，表限制，如此罢了，如此而已。

〔三〕王文考：王延寿（约一四〇—约一六五），字文考，一字子山，南郡宜城（今湖北襄阳宜城）人，东汉辞赋家、文学家，楚辞学家王逸之子。曾周游鲁国，作《鲁灵光殿赋》，叙述汉代建筑及壁画等。后渡湘水溺死，年仅二十余。原集失传。

〔四〕谌：相信。《书·咸有一德》：『呜呼！天难谌，命靡常。』

〔五〕回眸：回转眼睛，回过头看。　省视：察看，探望。《左传·僖公二十四年》：『郑伯与孔将鉏、石甲父、侯宣多省视官具于汜，而后听其私政，礼也。』

〔六〕竞进：争相奔进。《楚辞·离骚》：『众皆竞进以贪婪兮，凭不厌乎求索。』　狷急：急躁，对事情不能容忍。　事功：功利。宋叶适《上殿札子》：『王之望、尹穑，翕然附和，更为务实黜虚、破坏朋党、趋附事功之说。』　饕淫：贪婪淫逸。三国魏嵇康《答难养生论》：『郁秽气蒸，自生灾蠹。饕淫所阶，百疾所附』。

〔七〕五柳：即五柳先生，东晋陶渊明别号，也泛指志趣高尚的隐士。　寝声：寝，平息。了无声息。　颓：

消沉，萎靡，败坏。　采菊：采撷菊花（泡酒）。菊花不以娇艳的姿色取媚于时，而是以素雅坚贞的品性见美于人。陶渊明被戴上『隐逸之宗』的桂冠，菊花也被称为『花之隐逸者』，菊花的品性已和陶渊明的人格交融为一。因此，菊花有『陶菊』之雅称，『陶菊』象征着陶渊明不为五斗米折腰的傲岸骨气。

〔八〕二疏：指汉宣帝时名臣疏广与兄子疏受。疏广为太傅，疏受为少傅，同时以年老乞致仕，时人贤之。归日，送者车数百辆，设祖道，供帐东都门外。　灭迹：从世俗社会中消失行迹，谓退隐。三国魏曹植《潜志赋》：『退隐身以灭迹，进出世而取荣。』这里指绝迹。　水曲：水流曲折处，曲折的水滨。　顿：舍弃，废弃。投簪：丢下固冠用的簪子，比喻弃官。晋陆机《应嘉赋》：『苟形骸之可忘，岂投簪其必谷。』

〔九〕支机石：《荆楚岁时记》：『汉武帝令张骞穷河源，乘槎经月而去，至一处，见城郭如官府，室内有一女织，又见一丈夫牵牛饮河，骞问云：「此是何处？」答曰：「可问严君平。」织女取支机石与骞而还。归问严君平，云：「此支机石也。」』　楚：孙楚也。孙楚（？—二九三），字子荆，太原中都（今山西省平遥县西北）人。西晋官员、文学家。出身于官宦世家，史称其『才藻卓绝，爽迈不群』。少时想要隐居，对王济说：『当枕石漱流。』但不小心说成了『漱石枕流』。王济反问：『流可枕，石可漱乎？』孙楚说：『所以枕流，欲洗其耳；所以漱石，欲砺其齿。』　砺齿：刷牙去垢，表示清高。

〔一〇〕泛槎：亦作『泛查』。晋张华《博物志》卷三载，相传天河通海，有居海渚者见每年八月海上有木筏来，因登木筏直达天河，见到牛郎织女。后因以『泛槎』指乘木筏登天。　由：许由也。许由是尧舜时代的贤人。帝尧在位的时候，他率领许姓部落在今天的行唐县许由村一带活动。尧见到许由，便想传位于他，许由认为这是对他的一种羞辱，便到颍水河洗他的耳朵。樊坚或巢父更以许由洗耳的水为秽浊，不愿让牛在其下游饮水。

〔一一〕放浪形骸：放浪，放荡。形骸，人的形体。指行动不受世俗礼节的束缚。出自晋王羲之《兰亭集序》：『或因寄所托，放浪形骸之外。』　京台：楚国高台名。《文选》李善注引《淮南子》：『令尹子瑕请饮，庄王许诺。子瑕具于京台。庄王不往，曰：「吾闻京台者，南望猎山，北临方皇，左江右淮，其乐忘归。若吾德薄之人，不可以当此乐也，恐流而不能自返。」』

〔一二〕佶屈聱牙：佶屈，曲折，不顺畅；聱牙，拗嘴，不顺口。形容文字艰涩生僻、拗口难懂。出自唐韩愈《进学解》：『周《诰》殷《盘》，佶屈聱牙。』　韶武：《韶》乐和《武》乐，亦泛指高雅的古乐。《论语·述而》：『子在齐闻《韶》，三月不知肉味。』

〔一三〕仲尼厄于陈蔡：据《史记·孔子世家》记载，孔子周游列国，路过陈、蔡两国，途中无粮可吃，被饿得面黄肌瘦。　夸父仆于邓林：《山海经·海外北经》：『夸父与日逐走，入日；渴，欲得饮，饮于河、渭，河、渭不足，北饮大泽。未至，道渴而死。弃其杖，化为邓林。』　仆：顿也，向前跌倒。朱骏声曰：『前覆曰仆，后仰曰偃。』

〔一四〕夔妃：夔，虞舜帝之乐官。夔生活在荒僻边缘的地方，但具有非凡的音乐才能，故为舜帝所重。传说曾被孔子赞叹为尽善尽美的《韶》乐，即为夔所作。妃，妃义也，古代著名音乐家。　闇：愚昧，昏乱。钧曲：指钧天广乐。唐鲍溶《湘妃列女操》：『云和经奏钧天曲，乍听宝琴遥嗣续。』　屈宋：战国时楚辞赋家屈原、宋玉的并称。　楚吟：指《楚辞》哀怨的歌吟，泛指歌吟。

〔一五〕典籍：古代重要文献的总称。　寂历：凋零疏落，犹寂静、冷清。　篇章：泛指文字著作。　囿：本义为皇家狩猎场，这里指事物的萃聚之所。汉司马相如《上林赋》：『游乎六艺之囿，驰骛乎仁义之涂。』

萧森：草木凋零衰败。宋陆游《秋思绝句》：『一片云深更作阴，东轩草树共萧森。』

〔一六〕瑶华：比喻诗文的珍美，亦用以对人诗文的美称。唐储光羲《酬李处士山中见赠》：『引领迟芳信，果枉瑶华篇。』 寥落：冷落，衰落，衰败。 陆沉：比喻埋没，不为人知。唐王维《送从弟蕃游淮南》：『高义难自隐，明时宁陆沉。』

〔一七〕墋黩：混沌不清貌。晋陆机《汉高祖功臣颂》：『芒芒宇宙，上墋下黩。』李善注：『天以清为常，地以静为本，今上墋下黩，言乱常也。』 蒺藜：一年生草本植物，茎平铺于地，羽状复叶，小叶长椭圆形，开黄色小花，果皮有尖刺。 尘襟：世俗的胸襟。唐韦应物《夜偶诗客操公作》：『尘襟一潇洒，清夜得禅公。远自鹤林寺，了知人世空。』

〔一八〕儇佻：指浮薄轻佻。明李维桢《雷起部诗选序》：『丰赡者失于繁猥，妍美者失于儇佻，庄重者失于拘滞，含蓄者失于晦僻。』

〔一九〕表：外面，与『里』相对。《左传·僖公二十八年》：『表里山河。』 怙：依靠，仗恃。

〔二〇〕天端：即春也。《公羊传·隐公元年》：『春者何？岁之始也。王者孰谓？谓文王也。』陈立义疏：『春为天之始，系王于春，故为上系天端。』这里指中国沿海最东方的意思。 水府：神话传说中水神或龙王所住的地方。晋木华《海赋》：『尔其水府之内，极深之庭，则有崇岛巨鳌，峌岘孤亭。』

〔二一〕函弘：广大，宽大。晋左思《吴都赋》：『伊兹都之函弘，倾神州而韫椟。』 衔：本意指含着，用嘴叼，引申为存在心里，相连接。 巩固：坚固，稳固，不易动摇的意思。宋梅尧臣《送吴辩叔知巩县》：『山川成巩固，陵庙壮威神。』

〔二二〕北辰：即北极星。这里代指帝都。唐杜甫《追酬故高蜀州人日见寄》：『遥拱北辰缠寇盗，欲倾东海洗乾坤。』　喧嚣：声音大而嘈杂，吵闹。　厕：古同『侧』，旁边。　云间：指远离尘世的地方。宋苏轼《满江红·忧喜相寻》：『君不见《周南》歌《汉广》，天教夫子休乔木。便相将、左手抱琴书，云间宿。』　觉寤：由迷惑而明白，由模糊而认清，也指对道理的认识，对宇宙规律和人生真谛的开悟。

〔二三〕炳：明也。　灵气：仙灵之气。晋郭璞《山海经图赞·神陆吾》：『开明是对，司帝之门，吐纳灵气，熊熊魂魂。』　氤氲：代指阴阳二气交会和合之状。《白虎通·嫁娶》引《易》：『天地氤氲，万物化淳。』　含吐：谓调和。《淮南子·本经训》：『秉太一者，牢笼天地，弹压山川，含吐阴阳，伸曳四时，纪纲八极，经纬六合。』

〔二四〕由庚：出自《诗经·小雅》之逸篇名。《诗·小雅·由庚序》：『《由庚》，万物得由其道也。』后以『由庚』为顺德应时之典实。南朝齐王俭《褚渊碑文》：『弘二八之高谟，宣《由庚》而垂咏。』　合度：指适宜、合于法度。语出汉陆贾《新语·思务》：『进退循法，动作合度。』

〔二五〕渊薮：鱼和兽类聚居的处所，比喻某种人或事、物聚集的地方。　仲尼日月：出自《论语·子张篇》：『叔孙武叔毁仲尼。子贡曰：「无以为也！仲尼不可毁也。他人之贤者，丘陵也，犹可逾也；仲尼，日月也，无得而逾焉。人虽欲自绝，其何伤于日月乎？多见其不知量也。」』意思是仲尼的贤能，如日月一样光明灿烂。

〔二六〕鄙薄：浅显微薄，多作谦辞。唐元稹《会真记》：『鄙薄之志，无以奉酬。』

〔二七〕蹑景：追随，效法。南朝梁慧皎《高僧传·支遁》：『追踪马鸣，蹑景龙树。义应法本，不违实相。』　非常：不同寻常。《史记·司马相如列传》：『盖世必有非常之人，然后有非常之事；有非常之事，然后有非常之功。非常者，固常之所异也。』　希风：仰慕风操。《后汉书·党锢传序》：『自是正直废放，邪枉炽结，海内希风之流，遂共相摽搒，指天下名士，为之称号。』　卓荦：卓越，突出。汉班固《两都赋》：『卓荦诸夏，兼其所有。』

〔二八〕驰神：神往，向往。宋苏轼《与南华明老》：『南望山门，驰神杳霭。』　梁园：即『梁苑』，因西汉梁国的梁孝王刘武所筑而得名。梁园区是道家文哲大师庄子的出生地，是汉梁文化和汉赋的发源地。属意：意向集中或倾向于某人或某事。　松壑：生有松树的山谷，这里指山水真趣处。唐苏牟融《题徐俞山居》：『岚锁岩扉清昼暝，云归松壑翠阴寒。』

〔二九〕柳絮：即柳絮才，用以赞许有卓越文才的人，多用于称赞女子。出自《晋书·王凝之妻谢氏传》：『又尝内集，俄而雪骤下，安曰：「何所似也？」安兄子朗曰：「散盐空中差可拟。」道韫曰：「未若柳絮因风起。」』安大悦。』　蒹葭：《秦风·蒹葭》是中国古代现实主义诗集《诗经》中的一篇，表达的是对招贤士而不得的惋惜之情。

〔三〇〕云间士龙：云间，是松江府的别称，现在上海松江县一带。士龙，指陆云（二六二—三〇三），西晋文学家，字士龙，吴郡吴县华亭（今上海松江）人。陆云自谓『云间陆士龙』。　日下鸣鹤：指荀隐，字鸣鹤，西晋颍川人，靠近洛阳，当时洛阳是西晋都城。《辞源》：『封建社会以帝王比日，因以皇帝所在之地为日下。』故洛阳为日下，荀隐自称『日下荀鸣鹤』。

〔三一〕子建：曹植（一九二—二三二），字子建，沛国谯（今安徽省亳州市）人。是曹操与武宣卞皇后所生第三子，生前曾为陈王，去世后谥号『思』，因此又称陈思王。　八斗：是南朝诗人谢灵运称颂三国诗人曹植时用的比喻。　正平：祢衡（一七三—一九八），字正平，平原郡（今山东德州临邑德平镇）人。有『击鼓骂曹』『笔不停辍、文不加点』等典故。　一鹗：祢衡个性恃才傲物，和孔融交好。孔融有《荐祢衡表》，向曹操推荐祢衡时说：『鸷鸟累百，不如一鹗，使立朝，必有可观。』

〔三二〕踵武：跟着别人的脚步走，比喻继承前人的事业。《楚辞·离骚》：『忽奔走以先后兮，及前王之踵武。』王逸注：『踵，继也。武，迹也。』　躧步邯郸：古代邯郸城女子有一种舞蹈称『跕屣』。这种穿着无跟小鞋而轻轻跕起脚跟而用脚尖舞蹈的动作，犹如西洋的芭蕾舞。晋左思《魏都赋》：『邯郸躧步，赵之鸣瑟。』

〔三三〕挹彼注此：指将彼器的液体倾注于此器，亦比喻取一方以补另一方。　错彩：亦作『错采』，色彩错杂，喻修饰词藻。　波澜：比喻诗文的跌宕起伏。唐杜甫《敬赠郑谏议十韵》：『毫发无遗憾，波澜独老成。』

〔三四〕六鳌：神话中负载仙山的六只大龟。相传渤海之东，有一深壑，中有岱舆、员峤、方壶、瀛洲、蓬莱五山，乃仙圣所居之地。然五山皆浮于海，常随潮波上下往还。帝恐流于西极，失群仙圣之居，乃命禺疆使巨鳌十五，举首而戴之。迭为三番，六万岁一交焉。五山始峙而不动。而龙伯之国有大人，举足不盈数步而暨五山之所，一钓而连六鳌，合负而趣归其国，灼其骨以数焉。于是岱舆、员峤二山流于北极，沉于大海，仙圣之播迁者巨亿计。　唏嘘：叹息。　冯：古同『凭』，凭借，依靠。

〔三五〕蛟室：犹龙宫，亦借指大江大海。唐孟浩然《永嘉上浦馆逢张八子容》：『廨宇邻蛟室，人烟接岛夷。』内奥：深沉内敛。　大观：指盛大壮观的景象；规模宏大，内容齐备。

〔三六〕远迹：远大的业绩。《管子·小匡》：『昔吾先王周昭王、穆王，世法文武之远迹，以成其名。』

长策：犹良计。《史记·平津侯主父列传》：『靡毙中国，快心匈奴，非长策也。』　三端：指文士之笔锋、武士之剑锋和辩士之舌锋。《韩诗外传》卷七：『是以君子避三端，避文士之笔端，避武士之锋端，避辩士之舌端。』

〔三七〕纤秾：指富丽优美的文艺风格。宋苏轼《书后》：『李杜之后，诗人继作，虽间有远韵，而才不逮意，独韦应物、柳宗元发纤秾于简古，寄至味于淡泊，非余子所及也。』　简古：简朴古雅。　至味：最美好的滋味。　藻翰：华丽的文辞、文章。

〔三八〕三途：指封建时代取得官职的三条途径：举荐、征辟、科甲。　铅刀一割：铅刀虽不锋利，若用得得当，也能割断东西。比喻才能平常的人有时也能有点用处。

〔三九〕偏弦：犹孤弦。晋陆机《文赋》：『譬偏弦之独张，含清唱而靡应。』　仰秣：谓马听见美妙的音乐，竟反常地抬起头倾听，不吃饲料。《荀子·劝学》：『伯牙鼓琴而六马仰秣。』杨倞注：『仰首而秣，听其声也。』

〔四〇〕小道：礼乐政教以外的学说，技艺。《论语·子张》：『虽小道，必有可观者焉。』　空幽：指清旷幽深。　采葛：《国风·王风·采葛》：『彼采葛兮，一日不见，如三秋兮！』表达了友人间真挚的思念之情。这里引申为见知之意。

〔四一〕苏门长啸：《晋书·阮籍传》：『籍尝于苏门山遇孙登，与商略终古及栖神导气之术。登皆不应，籍因长啸而退。至半岭，闻有声若鸾凤之音，响乎岩谷，乃登之啸也。』后以『苏门长啸』为啸傲山林、表示高士情趣的典故。唐白居易《秋池独泛》：『严子垂钓日，苏门长啸时。』

高永興

注释于徒维掩茂冰月

自序译文

流年乙未，乃为根深本固之岁。因我与潘君旭宏兄是多年的旧交，故而敬从所请，草创了《龙湾赋》，以供马公振忠仁丈刻石立碑之用而已。

东汉王延寿说：『物，借赋来显明；事，靠颂来宣扬。无赋无颂，用什么来叙事写作呢？』这话我开始还很赞同，末了却不信！环顾左右，审视当今，但见争宠奔进之风，偏执而急切；追求功名利禄之俗，贪婪而放纵。在高峻的群山里，像陶渊明那样的君子杳无音讯，山居避世的传统已然颓废；于曲折的水岸边，像疏广、疏受那样的贤者了无踪迹，挂冠归隐的文化久已消沉！这里的石头，（织女）或许也曾用来为其织布机垫过脚，奈何孙楚已失去了以石磨牙的志向；这里的流水，（越人）或可也已乘槎泛流（直达过天河），可惜许由早没了（听到做官就要）以水洗耳的念头。（今天的人们），行动无拘无束，放荡不羁，向往（甚至楚庄王也曾逃避的）京台之乐而流连忘返；至于艰涩生僻、拗口难懂的（经典），纵然是（孔子听后三月不知肉味的）《韶》《武》之乐，也会觉得索然寡味而了无生趣！悲哀啊！孔子（推行道义）却菜色于陈蔡，夸父（追求目标）而倒毙于桃林。诸如夔和妃义（这样的音乐大家）竟然昏蔽于钧天之曲，类似屈原和宋玉（那样的辞赋天才）居然怠惰于楚歌之吟。重要文献的研究凄凉没落，传统文学的创作衰败凋零！韵味无穷的诗歌几乎寥寥无几，巨丽大雅的赋颂近乎默默无闻。只有混沌不清的尘埃，弥漫于宇宙；只有锋芒锥突的野刺，涌沸于胸臆！轻浮的社会风气，为何到了这种程度了啊？！

彼龙湾面对洞头，背靠罗山，上与肇始春天的天端相连，下与东海龙宫唇齿相依。倾侧神州而又函弘广大，拥抱大海而又稳健坚固。远离帝都却又喧嚣纷扰，近靠仙境所以感应开悟。秉承灵气而烟云缭绕，涵润精华而阴阳调和。万物顺德应时，百姓依礼守规。人才辈出，文化繁荣，好像有孔子的光辉在其中啊！

有人说：听闻长安有乐，则出门向西而笑；想象肉味美，则向屠市而大嚼。我虽然见识普通平庸，才德鄙陋浅薄，然而却努力效法非同寻常（的贤人），仰慕特出卓绝（的俊杰）。向往（文士风流）的梁园，倾心（山水真趣）的松壑。春天柳絮携风而来，（则通感谢女之才而妙得佳句）；秋天水草零露而落，（则讽咏《蒹葭》之诗而长思君子）。乘龙云间，影从松江之陆云，心性旷达而高远；骑鹤日下，响应颍川之荀隐，品行光明而磊落；（同谢灵运一样），称颂陈王曹植的八斗高才，但是，却也认为其终不及祢衡的刚正脱俗！于是追踪先哲足迹，试蹈邯郸舞步，通过汲取它方的文化精髓，来演绎瓯越文化之风貌，辞藻铺陈华丽且节奏跌宕起伏，既吊唁（被龙伯国大人钓走的）六鳌而感慨（仙山沉没），又凭临洞头百岛而叹息（蓬瀛难至）；既从内部去辨别龙湾的深邃和幽寂，又从整体上揣度龙湾的壮丽和雄伟；既立足大局、放眼长远以图谋国家的宏伟事业，又用文士之笔锋、武士之剑锋和辩士之舌锋来振奋精神和磅礴气势；既充分发扬富丽优美而又古朴典雅的艺术风格，又把自己深厚的感情和核心思想寄托在辞赋之中。我的巧智不足，富贵荣华之路难通，虽然才能平常，铅刀一割，相信偶尔也能有点些微用处。孤独地自弹自唱吧，又哪里可以指望因音乐美妙而被欣赏的呢？清幽地舞文弄墨吧，又哪里可以祈盼因诗赋小道而被知遇的呢？我只是希望也能仿效隐居苏门山上的孙登，划然长啸，引吭高歌，以奉待诸如阮步兵那样的同仁君子而已矣！

高永興

译于徒维掩茂仲夏

龙湾赋

有乐府《鱼龙曲》曰：〔一〕

昔有丁仙公，崂山往返穷。〔二〕

慷慨脱略志，伴奂黄石丛。〔三〕

天风褰雪浪，崩云轧苍穹。〔四〕

江流盓磢壁，罗浮馺排空。〔五〕

老媪驻涯涘，夤缘岩坻蓬。〔六〕

自谓海童梦，兹水仙路通。〔七〕

履霜焦原悦，阽危胶戾忡。〔八〕

狼跋失进退，濡尾落迷蒙。〔九〕

丁仙爰跃跃，捷足既匆匆。〔一〇〕

纷披见虫洞，虾簇接龙宫。〔一一〕
龙王恶匪人，遣尔回嘉东。〔一二〕
临别赠散石，载言有神功。〔一三〕
睒睗泥涂旷，僒束广舄中。〔一四〕
骇然投沙涨，猝然如卧虹。〔一五〕
去海四十里，罔劳鞭石翁。〔一六〕
扬沙漫布濩，珍怪涌倥偬。〔一七〕
大荒踳驳妍，海鲜陆离丰。〔一八〕
天浪水府国，冯夷驺虞宗。〔一九〕
龙湾名始显，踵袭永强风。〔二〇〕
煮海罗天地，蠖略一飞冲。〔二一〕

夫龙湾，其僻而胜矣，其时而古矣，且其小而大矣！〔二二〕

尔其胜也，出温谷，履炎躔。庇扶桑，浴甘渊。〔二三〕夕阳山外，太平洋边。地虽黑子，势犹阗阗。〔二四〕崇隆则龙宫峣阙，沮洳则鲛室珠琏。〔二五〕嘘焉则罗云罥海，噏焉则载黄载玄。〔二六〕处下位兮仰八纮，裾朝宗兮纳百川。〔二七〕占形胜兮纵雄奇，括巨丽兮弄清妍。〔二八〕翚精卫兮渐鸿陆，郁青阳兮歊春烟。〔二九〕亘左衽兮恒抱朴，睠太昊兮试比肩。〔三〇〕区区龙伯，荡荡洞天。〔三一〕五噫所窜，凤吹登仙。〔三二〕冥冥先觉，爰居载迁。〔三三〕肸蚃攸召，三足趣前。〔三四〕禺彊东使，鳌戴斯县。〔三五〕中原光宅而图人，何如瓯越醇壹而自偏？〔三六〕群雄逐鹿以蹴蹹，讵若骑鲸向天而宴然？〔三七〕

且夫其形檠蕃弱，张乎混流。〔三八〕图合半规，栝乎玄都。〔三九〕宗武夷，侍青牛。倚金罗，棹帆游。居汭位，表洞头。〔四〇〕将九凰以郁垒，扈神荼于罗浮。〔四一〕潬瓯江以其北，彼青龙白龙逑。桡飞云于其南，伊白虎白乌俦。〔四二〕策蜃云于沧溟，锁箕舌以咽喉。〔四三〕奚知武夷非度朔？

盘坳登骫式桃株。〔四四〕奔嶶驰岑三千里，骞龙渴饮而东趋。〔四五〕于是乎山水周陆而辐辏，气理湁潗而萦纡。〔四六〕虽蕞陋而湫隘，实腠理于天区。〔四七〕

至若罗山赫赫，阙德不回。〔四八〕茕茕孑立，气格恢恢。〔四九〕砥柱阆中，绾毂九垓。〔五〇〕落阑干于瀚海，曜河汉以斗魁。〔五一〕移岱岳于齐鲁，飞终南于蓬莱。〔五二〕楫天潢于维汉，假灵鹫以帆桅。〔五三〕揽远景于绮靡，极长眄以崔嵬。〔五四〕旋复水以拱璧，环重城而朝台。〔五五〕云髲则仙掌合，日映乃莲花开。〔五六〕霞被则鵕鸃冠，烟迷乃雁翎盔。〔五七〕于是乎光华外晔，浩气内宣。〔五八〕蕴蕴霭霭，叆叇绵绵。〔五九〕沵漫岑崟，缥缈中天。〔六〇〕崇山矗矗，巃嵸颠颠。〔六一〕巀嶭崎崛，蹇连屯邅。〔六二〕谽呀嶰谷，豁閜辋川。〔六三〕老君藏拙，畏垒去贤。〔六四〕罗浮梦断，今夕何年？〔六五〕其间冬温南荣，郁郁阡阡。〔六六〕松杉涧底，菁莪临渊。〔六七〕梓椅荫翳，兰杜高悬。〔六八〕崭岩参嵳，碨礧填填。〔六九〕黄碝林冠，碔砆杪巅。〔七〇〕偃蹇倾崎，不崩不骞。〔七一〕神形卓诡，风情万千。〔七二〕腾踔驰突，颉颃翩跹。〔七三〕或金鸡独立，或龙脊蜿蜒。〔七四〕或猿狖夭蟜，或龟犀横眠。〔七五〕仿佛上林之苑囿，宛若云梦之泽边。〔七六〕其泉则凛凛觱发，亹亹涓涓。〔七七〕溪流玉石，秩秩斯干。〔七八〕苔枝弄色，筱媚清涟。〔七九〕骇然崩落，猗靡婵娟。〔八〇〕随珠迸溅，雪沸冰旋。〔八一〕滈滈雾縠，皎皎轻烟。〔八二〕或虎啸铿耾，或凤鸣清圆。〔八三〕或幽噎管籥，或萃蔡弹弦。〔八四〕是以流醪注碧，天河琼浆犹嫩；〔八五〕承霜接露，天池玉液永淳。〔八六〕群山四塞，或为仇池无根之水；〔八七〕纲维六合，或为博望槎浮之津。〔八八〕其姿妍焉，娴柔桡而绰约；〔八九〕其容娇焉，姝清润而和均。〔九〇〕其神韵焉，婉沉奫而涵蓄；〔九一〕其质艳焉，姹靡曼而淑真。〔九二〕雨骤兮楼坠绿珠，风飘兮浣纱含颦。〔九三〕啴嗳兮霓裳青琴，流藻兮回雪洛神。〔九四〕照嶙峋而妩媚，映苍狗而清新。〔九五〕摄碧宇以烂漫，指青冥而弥伦。〔九六〕镶碧玉于千戚，束摧萎以锦纶。〔九七〕是以山因水婧，水以山醇。〔九八〕洞坐顾公罗隐，尖驻李王寨城。〔九九〕岩欲将军叫客，瀑戏梅雨美人。〔一〇〇〕杨朴楼船安在？越王古都蚤堙。〔一〇一〕千佛慧光空悟，仙岩贞义修身。〔一〇二〕读有寒潭白鱼，居则泓澄隐鳞。〔一〇三〕呜呼，溪山天下第一，

无意群芳争春！〔一〇四〕

尔其往也，瓯居海中，蛮隅夷陬。〔一〇五〕断发文身，衣鱼食鸥。〔一〇六〕栖乎山崴，晻乎漂舟。〔一〇七〕蹇足泥沼，束湿寝丘。〔一〇八〕飙风雷动，或簸或蹂。〔一〇九〕折木蜚屋，六极纠纠。〔一一〇〕海吼崩摧，如寇如仇。〔一一一〕尸骸枕藉，百里啾啾。〔一一二〕栖苴被野，芜秽长洲。〔一一三〕饥馑荐臻，号呼不雠。〔一一四〕台骀焉往？鲧禹焉筹？〔一一五〕其毒大苦，心之忧忧。〔一一六〕惩羹吹齑，莫之由由。〔一一七〕是以壅以御啮，厌以沈牛。〔一一八〕浚以滮浦，辟之绸缪。〔一一九〕堆埼屡荡，埽不愆修。〔一二〇〕案衍屡陵，垦不辍耰。〔一二一〕往车虽折，来轸方遒。〔一二二〕夙夜匪懈，盍怨休囚？〔一二三〕故而长堤轇輵，涓浍浏流。〔一二四〕湫湄延属，坰野平畴。〔一二五〕

然天灾可恕，人祸难防。河泥荡月，大漠鹰扬。〔一二六〕昙湖烟柳，陇头云苍。〔一二七〕孙恩之徒屡犯，『罗平』之俦跳梁。〔一二八〕海精元末肆虐，海潮隋唐张狂。〔一二九〕迨至元明，倭奴炽疆。〔一三〇〕虔刘海壖，性逾豺狼。〔一三一〕烧杀奸掳，丧尽天良。烈焰彤天，斩馘悬墙。〔一三二〕

儿闻止哭，鬼见断肠。〔一三三〕沛德二妙，慷慨激昂。〔一三四〕招募乡众，龃其奸猖。〔一三五〕锋镝沾渍，甲胄被创。〔一三六〕视死如归，血染疆场。杲果双璧，缔构永昌。〔一三七〕唇齿宁村，犄角永兴。〔一三八〕退可拒守，进可宵征。〔一三九〕勇毅笃行，戒慎矜矜。〔一四〇〕戎狄是膺，东瀛是惩。〔一四一〕保境安民，阐肆威棱。〔一四二〕倭寇远遁，莫我敢承。〔一四三〕涣汗后叶，德懋绳绳。〔一四四〕至于清初海禁，驱民内徙。〔一四五〕清野五十里，颓堕几千祀。〔一四六〕诏书殄寇，号令雷椎。〔一四七〕急如星火，迅如电驰。郡县切峻，如虎如貔。州司逼迫，如熊如罴。〔一四八〕遅疑则喑恶叱咤，逋慢则捶拊鞭笞。〔一四九〕顿踣兮髦髫颠沛，凄戚兮妇孺流离。〔一五〇〕瑟瑟兮衣不蔽体，辘辘兮食不充饥。〔一五一〕煨烬兮巢焚一炬，践藉兮罔有孑遗。〔一五二〕榛荒兮家园牢落，丘墟兮故里仓夷。〔一五三〕飘飘兮至彪风咏，睠睠兮子容绘词。〔一五四〕介介兮钟仪楚奏，耿耿兮床前夜思。〔一五五〕上横路、下横路，旧时横塘东演迹，龙船河、中横河，往昔长汀北衍沟。〔一五六〕遐武稀微在，可怜几度秋。〔一五七〕杜鹃啼血苦，鲂鱼赪尾忧。〔一五八〕长城饮马窟，远堤磷火幽。〔一五九〕肝脑涂原隰，珠泪泻龙湫。〔一六〇〕

骨髓泛海沫，脂膏洎涓流。〔一六一〕河山皆沥血，菑亩渐四愁。〔一六二〕

然则载劬载劳，既允既臧。〔一六三〕若夫瓯窭，我疆我理，东南其畴。〔一六四〕禹甸畇畇，黍稷油油。〔一六五〕深耕细作，广种博收。〔一六六〕且山罗水罟，珍怪相酬。〔一六七〕天帱地载，与共荐羞。〔一六八〕若夫污邪，载淖载卤，既黏既稠。〔一六九〕盐坦斥斥，垦畦褶皱。〔一七〇〕泥涂花白，晒滩霜愁。〔一七一〕灶台鳞次栉比，九甲珠琲相樛。〔一七二〕挑夫接踵越岭，艖运连舳帆游。〔一七三〕东南十监，利占鳌头。〔一七四〕庙堂刓印，诸侯费留。〔一七五〕惟见爨烟滚滚，不闻得宝歌讴。〔一七六〕或清尘栖海曲，或紫马逸东瓯。〔一七七〕永强令闻遐迩，与属解池徽猷。〔一七八〕其俗也义利并举，其化也礼乐率由。〔一七九〕其归也手艺百工，其出也锄笲网罘。〔一八〇〕着醇醲以碌碌，沐南风而优优。〔一八一〕宗仁义之邹鲁，背怵迫之仇繇。〔一八二〕耕三才以致富，习六艺而荣荂。〔一八三〕钟海山之毓秀，阒寅亮于永嘉。〔一八四〕生相国于蓬户，谶海坛之涨砂。〔一八五〕挽狂澜于既倒，奈阎马之沉渣。〔一八六〕大事去矣，何能为耶？〔一八七〕惜非宋末三杰，实乃图强爪牙。〔一八八〕即青奥之旧迹，吊忠魂于天涯。〔一八九〕恨子昂之碑圮，渺占城之烟霞。〔一九〇〕于是乎里有六尺巷，闾苞百忍家。〔一九一〕南仙龙爇草，芙蓉五月花。〔一九二〕桥阶赵建大，埠留铁帽娃。〔一九三〕镬破往欲反，品学璧无瑕。〔一九四〕姜字法天地，正心摛清华。〔一九五〕介轩集大成，道迩而心遐。〔一九六〕任侠寿张儿，义配博浪沙。〔一九七〕瑶溪卧龙吟，诗成泣鬼神。〔一九八〕摇扇生清风，敢济天下民。〔一九九〕比瀑落天外，坻隤殷万钧。〔二〇〇〕桓谭谶非经，大礼合人伦。〔二〇一〕革故鼎新政，茂恭乎敬臣。〔二〇二〕功过何须论，令誉垂千旬。〔二〇三〕刚正不阿节，智信廉义仁。〔二〇四〕罗东彦渊薮，精曜于紫宸。〔二〇五〕尔今布四海，经世济八夤。〔二〇六〕惟桑梓之敬止，绍遗烈之苦辛。〔二〇七〕敢为天下先，勇创世界新。〔二〇八〕是以高铁长龙趣海埠，飞机壮翼栖瓯滨。〔二〇九〕崇楼攒簇而阗噎，夏屋岌嶪而嶙峋。〔二一〇〕夷涂襄岸而经纬，周道列肆而囷轮。〔二一一〕连轸接毂而映咽，蒸徒罄耴而纷纶。〔二一二〕网络芜杂萦太虚，天涯疏阔若比邻。〔二一三〕灼灼兮流光溢彩，莹莹兮堆玉砌珉。〔二一四〕熙熙兮矞矞皇皇，攘攘兮诜诜振振。〔二一五〕呜呼，地瘠致贤孝，困顿改清贫。〔二一六〕

多难可兴邦，天酬龙湾人！〔二一七〕

尔其大也，东则建星牛斗，濯足玄渊旸谷。〔二一八〕西则蒙汜咸池，枕首白云敕木。〔二一九〕南抵五指马柱，北戴空桑孤竹。〔二二〇〕若嵩目罗山巅，优逸兜率宫。〔二二一〕临广望，凭百重。〔二二二〕俯朝暾，驭丰隆。〔二二三〕易阴阳，贯鸿蒙。〔二二四〕意糙朗而拓落，心沆瀁而沖瀜。〔二二五〕小魏武之碣石，被宋玉之王风。〔二二六〕嗟《海赋》之诡异，哈河伯之识懵。〔二二七〕子山《小园》而意大，景濂《阅江》而神通。〔二二八〕嗤彼岸雕悍狼戾，愿斯畔允执厥中。〔二二九〕戒修昔底德陷阱，鉴晋楚争霸途穷。〔二三〇〕慎塔西佗之效应，祛辟言不信衰癃。〔二三一〕踤重山之束阨，荡岩阻之羁縻。〔二三二〕或竭涸于泮汗，或平步于溟池。〔二三三〕胸无块垒，臆有通逵。〔二三四〕洞庭其实咫尺，屈子恨未东驰。〔二三五〕湘江倘非北去，娥英势必南随。〔二三六〕呜呼，往者不可谏，来者犹可追。〔二三七〕大雷岸有大念，龙湾畔有非罴。〔二三八〕歌于斯，哭于斯，聚家族于斯，〔二三九〕焉有江郎之《恨》《别》，安得岘山之泪悲耶？！〔二四〇〕

高永兴

撰于旃蒙协洽霜秋

龙湾赋注解

〔一〕乐府：汉族民歌音乐，后成为一种带有音乐性质的叙事诗体形式。《鱼龙曲》：类似《飞龙引》一样的游仙诗。

〔二〕丁仙公：传说古时永嘉场的道士，或称『丁仙伯』。 往返：一去一来，来回。汉王粲《从军诗》：『拓地三千里，往返速若飞。』 穷：处境恶劣。

〔三〕慷慨：充满正气，情绪激昂。 脱略：意思是放任、不拘束，轻慢，不以为意。南朝梁江淹《恨赋》：『脱略公卿，跌宕文史。』 伴奂：闲逸自在貌。《诗经·卷阿》：『伴奂尔游矣，优游尔休矣。』 黄石：龙湾瓯江边的黄石山。 丛：（草、石）所聚也。

〔四〕天风：风行天空。汉蔡邕《饮马长城窟行》：『枯桑知天风，海水知天寒。』 裹：包，卷。 崩云：使云崩裂，形容波浪腾涌之高。清吴伟业《海市》：『激浪崩云压五湖，天风吹断海城孤。』 轧：辗也。

〔五〕盓：水旋流。 磢：摩擦。 罗浮：温州瓯江北岸的罗浮山，其实这里是作者的笔误，实际应该是指永嘉瓯江北畔的乌牛山。 馺：（马）奔驰。汉扬雄《甘泉赋》：『声駍隐以陆离兮，轻先疾雷而馺遗风。』 排空：凌空；耸向高空，冲向天空。宋范仲淹《岳阳楼记》：『阴风怒号，浊浪排空。』

〔六〕老媪：老年妇人。唐温庭筠《题贺知章故居》：『老媪宝藁草，愚儒输逋租。』 驻：停留在一个地方。涯涘：水边，水岸。《庄子·秋水》：『今尔出于涯涘，观于大海。』 夤缘：指攀援、攀附。晋左思《吴都赋》：『夤缘山岳之岊，幂历江海之流。』 岩坻：崖岸。晋木华《海赋》：『若乃岩坻之隈，沙石之嵚，毛翼产鷇，剖卵成禽。』 蓬：蒿也。

〔七〕海童：传说中的海中神童。晋左思《吴都赋》：『江斐于是往来，海童于是宴语。』 兹水：此水也，这里指今之『龙湾潭』。

〔八〕履霜：踏在霜上预知寒冬的到来。比喻目前的迹象提醒对未来的危险要有戒备。《易经·坤》：『初六：履霜，坚冰至。』 焦原：巨石名。《尸子》：『莒国有石焦原，广寻长五百步，临万仞之溪。莒国莫敢近也。』汉张衡《思玄赋》：『愿竭力以守谊兮，虽贫穷而不改。执雕虎而试象兮，阽焦原而跟趾。』 怳：心神不安的样子。唐李白《梦游天姥吟留别》：『怳惊起而长嗟。』 阽危：临近危险。《汉书》颜师古注：阽危，欲坠之意也。 胶戾：回环曲折，漩涡。《史记·司马相如列传》：『穹隆云挠，蜿蟺胶戾。』 忡：忧愁的样子。《诗·邶风·击鼓》：『从孙子仲，平陈与宋。不我以归，忧心有忡。』

〔九〕狼跋：喻艰难窘迫。《诗·豳风·狼跋》：『狼跋其胡，载疐其尾。』《毛传》：『跋，躐；疐，跲也。老狼有胡，进则躐其胡，退则跲其尾，进退有难，然而不失其猛。』《三国志·蜀志·法正传》：『主公之在公安也，北畏曹公之强，东惮孙权之逼，近则惧孙夫人生变于肘腋之下；当斯之时，进退狼跋。』 进退：前进和后退。《易·系辞上》：『变化者，进退之象也。』韩康伯注：『往复相推，迭进退也。』孔颖达疏：『万物之象皆有阴阳之爻，或从始而上进，或居终而倒退，以其往复相推，或渐变而顿化，故云进退之象也。』雍正《怀旧》：『问以弓马事，曰我读书秀。及至问文章，曰我旗人胄。两歧失进退，故鲜大成就。』 濡尾：语出《易·未济》：『小狐汔济濡其尾，无攸利。』孔颖达疏：『小才不能济难事，同小狐虽难渡水而无余力，必须水汔方可涉川；未及登岸而濡其尾，济不免濡，岂有所利？』后以『濡尾』比喻力不胜任，处境尴尬。 落：陷入不利境地。 迷蒙：蒙昧糊涂。南朝宋谢灵运《与诸道人辨宗论》：『日用不知，百姓之迷蒙，唯佛究尽实相之崇高。』唐白居易《闻庚七左降》：『后心诮前意，所见何迷蒙。』南宋洪迈《夷坚丁志·巴山蛇》：

『食已即饱，心常迷蒙。』

〔一〇〕爰：于是。　跃跃：因急切期待或心情欢乐而激动的样子。　捷足：脚步快，谓行动迅速。《前汉书平话》：『秦朝失其天下，天下共逐，高材捷足者先得之。』　既：又，已经。　匆匆：急促的样子；匆忙的样子。

〔一一〕纷披：散乱。北周庾信《枯树赋》：『纷披草树，散乱烟霞。』　虫洞：又称爱因斯坦—罗森桥，是宇宙中可能存在的连接两个不同时空的狭窄隧道。　簇：聚拢，聚成一团。

〔一二〕匪人：不亲近的人。《易·比》：『比之匪人。』　嘉东：即东嘉，浙江省温州的别称。宋陈叔方《颍川语小》：『盖郡有同名，以方别之。温为永嘉郡，俚俗因西有嘉州，或称永嘉为东嘉。』

〔一三〕散石：沙，亦作砂。《说文解字》：『沙，水中散石也。』　载：语助词，又。

〔一四〕睒睗：光闪烁貌。唐李华《含元殿赋》：『荡晶景而外降，欻睒睗以交辉。』清顾炎武《北岳庙》：『睒睗鬼目狞，盘蹙松根转。』　泥涂：污泥，淤泥。《庄子·田子方》：『弃隶者，若弃泥涂，知身贵于隶也。』　僒束：困窘束缚。晋左思《吴都赋》：『沉虎潜鹿，馽龓僒束。』刘逵注：『絷龓僒束者，陷网罟之中，见俘束也。』　广舄：广斥，广阔的盐碱地。

〔一五〕骇然：惊讶的样子。　沙涨：谓沙淤积露出水面。北周王褒《和庾司水修渭桥》：『波生从胡舶，沙涨涌新洲。』意思是丁仙伯抛撒沙子，而沙子迅速堆积成路。事实上，由于瓯江和飞云江潮汐的交互影响，在龙湾的海滨街道沙村处，在泥涂中形成了一条纵向入海的沙路带，人可轻便行走。　猝然：突然地，出乎意料。卧虹：躺或趴在地面上的拱桥。

〔一六〕去海四十里：深入大海四十里。晋伏琛《三齐略记》：『秦始皇于海中作石桥，海神为之竖柱。始皇求与相见。神曰：「我形丑，莫图我形，当与帝相见。」乃入海四十里，见海神，左右莫动手，工人潜以脚画其状。神怒曰：「帝负约，速去。」始皇转马还，前脚犹立，后脚随崩，仅得登岸。画者溺死于海，众山之石皆倾注，今犹岌岌东趣，疑即是也。』　鞭石翁：指鞭石入海架桥的神仙。鞭石，《三齐略》：『秦始皇作石桥于海上，欲过海看日出处。有神人驱石，去不速，神人鞭之，皆流血，今石桥犹赤色。』北周庾信《哀江南赋》：『东门则鞭石成桥，南极则铸铜为柱。』

〔一七〕布濩：遍布，布散。汉司马相如《上林赋》：『鲜支黄砾，蒋芧青薠，布濩闳泽，延曼太原。』　珍怪：珍贵奇异之物。《楚辞·招魂》：『室中之观，多珍怪些。』　倥偬：纷繁迫促。清王愈扩《周亮工小传》：『戎马倥偬，不废讲咏。』

〔一八〕大荒：指边远荒凉的地方，这里指龙湾海滨潮水退却后的一望无际的泥滩。　踳驳：错乱，驳杂。《玉篇》：『踳驳，色杂不同。』晋左思《魏都赋》：『非醇粹之方壮，谋踳驳于王义。』　海鲜：供食用的新鲜的海鱼、海虾等。　陆离：光彩绚丽貌。《楚辞·招魂》：『长发曼鬋，艳陆离些。』

〔一九〕天浪：形容波涛汹涌。　水府：神话传说中水神或龙王所住的地方。晋木华《海赋》：『尔其水府之内，极深之庭，则有崇岛巨鳌，峌岘孤亭。』三国魏刘劭《赵都赋》：『其东则有天浪水府，百川是钟，包络坤维，连持太蒙。』　冯夷：传说中的黄河之神，即河伯。泛指水神。《庄子·大宗师》：『冯夷得之，以游大川。』三国魏曹植《洛神赋》：『于是屏翳收风，川后静波，冯夷鸣鼓，女娲清歌。』　驺虞：一说猎人，一说义兽，一说古代管理鸟兽的官。《诗·召南·驺虞》：『彼茁者葭，壹发五豝，于嗟乎驺虞。』《毛传》：『驺虞，义兽也。白虎，黑文，不食生物，有至信之德则应之。』汉司马相如《封禅文》：『囿驺虞之珍群，徼麋鹿之怪兽。』唐皮日休《相解》：『夫以凤为禽耶？凤则仁义之禽也。以驺虞为兽邪？则驺虞仁义之兽也。』 宗：祖宗，宗源，指发源地；也指归往，宗归，指归宿地。《书·禹贡》：『江汉朝宗于海。』

〔二〇〕踵袭：犹沿袭。宋曾巩《自福州召判太常寺上殿札子》：『其政治所出，大抵踵袭卑陋，因于世俗而已。』永强：即『永嘉场』的连读音。永嘉场系温州龙湾的旧称，也是著名的古盐场，位于浙江温州东部瓯江入海口，古有东瓯之地的说法，中华人民共和国成立初为永强乡。 风：社会上长期形成的礼节、习俗。

〔二一〕煮海：煮海水为盐。 罗天：温州『大罗山』，原名『泉山』，后因山峦突兀，状似罗伞，故而更名为『大罗山』。也借指『大罗天』，道教所称三十六天中最高一重天，女娲的道场。顾名思义，这里兼有『网罗天下』，为捕鱼打猎、集聚天下人才和财富的意思。 蠖略：龙飞行进止貌。汉司马相如《大人赋》：『驾应龙象舆之蠖略逶丽兮，骖赤螭青虬之蚴蟉蜿蜒。』颜师古注：『蠖略逶丽，蚴蟉蜿蜒，皆其行步进止之貌也。』一飞冲：一飞冲天。鸟儿展翅一飞，直冲云霄。比喻平时没有特殊表现，一下做出了惊人的成绩。《韩非子·喻老》：『虽无飞，飞必冲天；虽无鸣，鸣必惊人。』《史记·滑稽列传》：『此鸟不飞则已，一飞冲天；不鸣则已，一鸣惊人。』

〔二二〕僻：偏僻。 胜：指区位险要，风水吉利，资源丰富，景观秀丽。 时：时尚，指现代化。 古：历史悠久，渊源深厚。

〔二三〕温谷：亦称温源谷，即汤谷，古代传说的日出之处。《山海经·大荒东经》：『大荒之中……有谷曰温源谷。』郭璞注：『温源即汤谷也。』 炎躔：南方星辰运行的度次和轨迹，指南方。清查慎行《谒南海神庙》：『祝融分位当炎躔，紫霞红浪上下两摩荡，中有万点风樯竿。』扶桑：古代神话中海外的大树，传说日出于扶桑之下，拂其树杪而升，因谓为日出处。甘渊：古代传说中的地名。《山海经·大荒东经》：『东海之外，甘水之间，有羲和之国，有女子名曰羲和，方浴日于甘渊。』《山海经·大荒东经》：『有甘山者，甘水出焉，生甘渊。』袁珂校注：『所谓甘渊、汤谷、穷桑，盖一地也。』

〔二四〕黑子：比喻极小。北周庾信《哀江南赋》：『地惟黑子，城犹弹丸。』阗阗：众多、旺盛貌。《诗·小雅·采芑》：『伐鼓渊渊，振旅阗阗。』高亨注：阗阗，兵势众盛貌。

〔二五〕崇隆：亦作『崇窿』，高，高起。峣阙：指皇宫大门。因高大，故称。汉张衡《西京赋》：『正紫宫于未央，表峣阙于阊阖。』沮洳：低湿之地。《诗·魏风·汾沮洳》：『彼汾沮洳，言采其莫。』孔颖达疏：『沮洳，润泽之处。』鲛室：谓鲛人水中居室。明唐顺之《漂布架》：『移向海傍堪望处，错疑鲛室挂寒绡。』

〔二六〕嘘：慢慢地吐气、呵气。焉：语气助词。罗云罟海：包络云海的意思。噏：古同『歙』，收敛。载黄载玄：即天地玄黄，《易》曰：『夫玄黄者，是为天玄而地黄。』指天道高远，地道深邃。与《诗·豳风·七月》之『载黄载玄』意思不同。

〔二七〕下位：地势低下。也指上善若水，水处下位，利万物而不争于万物，德莫大焉。八纮：八方极远之地，泛指天下。《淮南子·地形训》：『九州之外，乃有八夤……八夤之外，而有八纮，亦方千里。』裾：通『据』。晋左思《魏都赋》：『由重山之束阨，因长川之裾势。』朝宗：百川以海为宗，指水归大海。《书·禹贡》：『江汉朝宗于海。』

〔二八〕形胜：是中国文化中特有的概念，即以形辨气，以气别吉凶，泛言之，相当于所谓『钟灵毓秀之地』一类。　雄奇：雄伟奇特。清龚自珍《己亥杂诗》：『浙东虽秀太清孱，北地雄奇成犷顽。』　巨丽：极其美好。汉司马相如《上林赋》：『君未睹夫巨丽也，独不闻天子之上林乎？』　清妍：美好。唐韩愈《月池》：『寒池月下明，新月池边曲。若不妬清妍，却成相映烛。』

〔二九〕翚：疾飞。《尔雅·释鸟》：『鹰，隼丑，其飞也翚。』郭璞注：『鼓翅翚翚然疾。』　精卫：出自《山海经·发鸠山》。相传太阳神炎帝的小女名叫女娃，因驾船游东海而溺亡，其精灵化鸟衔草石誓填东海。　渐：慢慢地。　鸿陆：《诗·豳风·九罭》：『鸿飞遵陆，公归不复，于女信宿。』《毛传》：『陆，非鸿所宜止。』后以『鸿陆』指不宜止息之地。这里指海滨渐积淤起的广袤泥滩。　青阳：指大自然的生发之功，也指春天。　歊：（气）升腾貌。唐李白《安州应城玉女汤作》：『地底烁朱火，沙旁歊素烟。』

〔三十〕亘：连绵不断，伸展开去。这里是继承和追思的意思。　左衽：指瓯越先民。《战国策·赵策二》：『被发文身，错臂左衽，瓯越之民也。』　抱朴：源见于《老子》：『见素抱朴，少私寡欲。』指平真、自然、不加任何修饰的原始。　睠：同『眷』，眷恋，怀念。　太昊：指东方天帝太昊伏羲。　比肩：并肩，看齐。

〔三一〕区区：小，少。形容微不足道。《战国策·齐策四》：『区区之薛。』汉贾谊《过秦论》：『区区之地。』　龙伯：指传说中的龙伯国。传说古代渤海东面有五座山，常随波涛浮动。天帝命十五只巨鳌用头顶着，山才固定不动。龙伯国有大人用饵钓鳌，一连钓了六只，于是使岱舆和员峤两座仙山漂流到北极，沉入大海。天帝震怒，惩罚龙伯国，使其人变矮，地变小，区位变偏僻，空间变狭隘，钓鳌变成绵延大山。这里以龙伯国代指龙湾。　荡荡：宽广无边的样子。　洞天：道教语，指神道居住的名山胜地。

〔三二〕五噫：指梁鸿，字伯鸾，扶风平陵（今陕西咸阳）人。东汉初，梁鸿东出函谷关，路过京师洛阳，登北邙山，见宫殿之华丽，感人民之疾苦，触景生情，遂作《五噫歌》，讥刺时世，章帝（肃宗）听说后很生气，下令通缉他。梁鸿只能改换姓名，与妻子孟光逃到吴地皋桥避祸，过着『举案齐眉』『贫贱不移』的隐居生活。这里以『五噫』借指像梁鸿那样愤世嫉俗的隐士或贤者。　窜：放逐。唐王勃《滕王阁序》：『屈贾谊于长沙，非无圣主；窜梁鸿于海曲，岂乏明时？』　凤吹：指姬晋（约前五六七—前五四九），姬姓，名晋，字子乔，是东周时周灵王的太子，后人称太子晋、王子晋、王子乔或王乔。好吹笙，作凤鸣，游伊雒之间。相传温州瓯海吹台山因太子晋曾于此凤吹而得名。南朝齐孔稚珪《北山移文》：『闻凤吹于洛浦，植薪歌于延濑。』　登仙：成仙。《楚辞·远游》：『贵真人之休德兮，美往世之登仙。』

〔三三〕冥冥：本谓自然界的幽暗深远，亦泛指鬼神暗中起作用的境界。　先觉：指事先认识觉察的人，觉悟早于常人的人。《孟子·万章上》：『天之生此民也，使先知觉后知，使先觉觉后觉也。』　爰居载迁：爰居，海鸟名，出自《展禽论祀爰居》；载，助词；迁，迁徙。爰居因有灵气而预知台风，提前迁徙以避风。

〔三四〕肸蚃攸召：肸，散布。蚃，知声虫也。攸，所也。召，感应和召唤。肸蚃：散开、铺开，引申为延绵不绝。这里比喻为神灵感应或灵感通微。　三足：赤乌，三足乌，三足金乌，是古代神话传说中驾驭日车的神乌。象征太阳，中国古代的太阳精灵，被作为祥瑞的象征来崇拜。《吕氏春秋·有始》：『赤乌衔丹书集于周社。』《尚书大传》：『武王伐纣，观兵于孟津，有火流于王屋，化为赤乌，三足。』　趣：趋也。

〔三五〕禺疆：禺疆是古代中国传说中的海神、风神和瘟神，也作『禺强』『禺京』，是黄帝之玄孙。　东使：向东驱使。这里是指禺疆使鳌鱼顶戴仙山向东行驶来到温州。　鳌戴：鳌鱼所顶戴。典故名，典出《列子·汤问》。神话传说谓渤海之东有大壑，其下无底，中有五座仙山，常随潮波上下漂流。天帝恐五山流于西极，失群仙之居，乃命禺疆使十五巨鳌轮番举首戴之，五山才峙立不动。这里暗喻大罗山乃为巨鳌所首戴而来的仙山。县：悬也，浮也。

〔三六〕光宅：广有。《书·尧典序》：『昔在帝尧，聪明文思，光宅天下。』 图大：图谋或野心膨胀。瓯越：百越的一支，分布在今浙江瓯江流域。 醇壹：纯一，纯正。《续资治通鉴·宋孝宗淳熙元年》：『故上有礼义廉耻之风，则下有忠厚醇壹之行。』 自偏：语出晋陶渊明《饮酒》：『结庐在人境，而无车马喧。问君何能尔？心远地自偏。』意思是本心远离尘世，不执着于物，不执着于事，不执着于人，回归初心，宁静致远，才会看清自己眼前的世界，也才会体悟到自己不能看到的东西和生命的本质。

〔三七〕群雄：旧指许多有军事势力的人。 逐鹿：比喻争夺帝王之位，形容各派势力争夺最高统治地位。《史记·淮阴侯列传》：『秦失其鹿，天下共逐之。』 蹴蹹：比喻蹂躏，摧残。 骑鲸：亦作『骑京鱼』。汉扬雄《羽猎赋》：『乘巨鳞，骑鲸鱼。』后比喻隐遁或游仙。 宴然：安定貌，平安貌。 汉荀悦《汉纪·高后纪赞》：『高后女主制政，不出房闼而天下宴然。』

〔三八〕檠：矫正弓弩的器具。 蕃弱：古代良弓名。汉司马相如《上林赋》：『弯蕃弱，满白羽，射游枭，栎飞遽。』颜师古注引文颖曰：蕃弱，夏后氏之良弓名。 张：拉弓。 混流：混，丰流也。指水流很急，水势很大。这里指东海和瓯江。 汉司马相如《子虚赋》：『汩乎混流。』

〔三九〕图：地图。 半规：半圆。 栝：箭末扣弦处。 玄都：广东的大罗山，神话传说中的无上仙境，全名『玄都紫府』，乃是太上老君所居之地。这里因同名而借指温州的大罗山。

〔四〇〕武夷：即武夷山脉，位于中国江西省、福建省和浙江省三省边境。北接仙霞岭，南接九连山，呈东北—西南走向。绵延约五百五十千米，海拔一千米左右，是赣江、抚河、信江与闽江的分水岭。其中洞宫山脉位于浙江省南部、浙闽边境，为武夷山余脉。从福建省进入浙江后，向东延展，呈西南—东北走向。　青牛：千年木精所变之牛，这里指温州瓯海的牛山。　金罗：西为兑，属金，这里指龙湾西部的大罗山。　棹：划船。晋陶潜《归去来兮辞》：『或命巾车，或棹孤舟。』　帆游：帆船漂流疾驶的样子。这里指温州瓯海的帆游山。唐张又新《帆游山》：『涨海尝从此地流，千帆飞过碧山头。君看深谷为陵后，翻覆人间未肯休。』　汭位：风水学中的概念，指曲水凸岸处，若怀抱有情的吉地。　表：面临，面向。　洞头：是浙江省温州市辖县，古称中界，地处浙南沿海，瓯江口外，是全国十四个海岛县（区）之一，由一百六十八个岛屿和二百五十九座岛礁组成，故有『百岛之县』和『东海明珠』之美称。二〇一五年改温州市洞头区。

〔四一〕神荼、郁垒：门神。相传远古时候，神荼与郁垒为一对兄弟，兄弟俩擅长捉鬼，如有恶鬼出来骚扰百姓，神荼与郁垒便将其擒伏，并将其捆绑喂老虎。后来人们为了驱凶，在门上画神荼、郁垒及老虎的像，亦有驱鬼避邪之效果，而流传至今。左扇门上叫神荼，右扇门上叫郁垒，民间称他们为门神。　将：带领，扶助。九凰：温州平阳县的九凰山。　扈：随从，护卫。后多指随侍帝王。《封氏闻见记》：『百官从驾，谓之扈从，或曰护之借字。』　罗浮：温州永嘉县的罗浮山，其实是作者笔误，所指实为瓯江畔的乌牛山。

〔四二〕潬：水流蜿蜒曲折。　桡：曲木；木头弯曲；泛指弯曲。　青龙、白虎：中国古代最令妖邪胆战且法力无边的四大神兽分别是青龙、白虎、朱雀、玄武。左青龙，右白虎，前朱雀，后玄武。　瓯江：浙江第二大江，位于浙江南部。　飞云：飞云江。古代曾名罗阳江、安阳江、安固江、瑞安江，是浙江省八大水系之一，浙江省第四大河，温州市第二大河。　白龙：唐元和中，温州太守韦宥于瓯江游沙中获一筝弦。引之，蜿蜒舒展。投江中，化白龙腾空而去，故瓯江又名蜃江。　白乌：语出《东观汉记·王阜传》：『甘露降，白乌见，连有瑞应。』清嘉庆《瑞安县志》：『唐天复三年改名瑞安。』下注：『因钱镠奏，有白乌栖县之集云阁，诏改今名。』　逑：相匹敌的人，配偶。《诗·周南·关雎》：『关关雎鸠，在河之洲。窈窕淑女，君子好逑。』　俦：同辈，伴侣。

〔四三〕策：鞭打。　蜃云：即蜃气。南朝梁沈约《奉华阳王外兵》：『烂熳蜃云舒，嵚崟山海出。』，也可以理解为蜃江（瓯江）和飞云江的合称。　沧溟：大海。　锁：束缚，控制。　箕舌：指簸箕底伸展向前之宽广处，其状如舌。这里比喻龙湾锁江控海之大观和形式。　咽喉：喻指扼要之处或关键部门。《战国策·秦策四》：『韩，天下之咽喉；魏，天下之胸腹。』《史记·滑稽列传》：『洛阳有武库、敖仓，当关口，天下咽喉。』宋陈亮《酌古论·先主》：『夷陵者，荆州之咽喉也。』

〔四四〕度朔：传说东海里有座风景秀丽的度朔山，又名『桃都山』。山上有一棵蟠曲三千里的大桃树，树顶有一只金鸡，日出报晓。桃树下有神荼、郁垒二神，主管万鬼。　盘坳：盘旋凹陷。北周庾信《枯树赋》：『乃有拳曲拥肿，盘坳反覆。』　癹骫：盘旋屈曲。汉司马相如《上林赋》：『崔错癹骫，坑衡閜砢。』郭璞注：『癹骫，蟠戾也。』　式：物体外形的样子。

〔四五〕奔嶻驰岑：山势连绵奔驰回转的样子。　三千里：取传说中的『桃都山』大桃树蟠曲三千里之数。　骞龙：飞龙。　渴饮：形同很久未饮水而急不可待的样子。宋岳飞《满江红》：『壮志饥餐胡虏肉，笑谈渴饮匈奴血。』

〔四六〕周阹：周，环绕；阹，围猎野兽的圈。汉扬雄《长杨赋序》：『以网为周阹，纵禽兽其中。』李善注引李奇曰：『阹，遮禽兽围阵也。』汉司马相如《上林赋》：『鼓严簿，纵猎者，江河为阹，泰山为橹。』这里指四周围合的难以逾越的山海地形。　辐辏：形容人或物聚集像车辐集中于车毂一样。　气理：『理』通常指事物的规律、准则，有时也指作为社会规范的礼仪。《管子·心术上》：『理也者，明分以谕义之意也。』『气』通常指一种极细微的物质，被看作是构成世界万物的本原或原始材料。《易·系辞上》：『精气为物。』孔颖达疏：『谓阴阳精灵之气，氤氲积聚而为万物也。』　湁潗：沸涌貌。汉司马相如《上林赋》：『潏潏淈淈，湁潗鼎沸。』　萦纡：盘旋弯曲，回旋曲折；萦回，盘曲环绕。

〔四七〕蕞陋：荒僻鄙陋。明杨慎《〈剑州志〉序》：『迨国朝，剑独远于宸极，最为蕞陋。』　湫隘：低下狭小。《左传·昭公三年》：『初，景公欲更晏子之宅，曰：「子之宅近市，湫隘嚣尘，不可以居，请更诸爽垲者。」』杜预注：『湫，下；隘，小。』　腠理：原意是皮肤、肌肉的纹理，是防止外邪入侵人体的门户。这里指龙湾区是保护中国之边区或门户。　天区：谓上下四方。汉张衡《东京赋》：『声教布濩，盈溢天区。』

〔四八〕赫赫：显著盛大的样子。《诗·鲁颂·閟宫》：『赫赫姜嫄，其德不回。』　阙德不回：厥，犹『其』，他，他的。回，违也，邪僻。德行纯正的意思。《诗·大雅·大明》：『昭事上帝，聿怀多福。阙德不回，以受方国。』

〔四九〕茕茕孑立：孤独的样子。出自晋李密《陈情表》：『外无期功强近之亲，内无应门五尺之僮。茕茕孑立，形影相吊。』　气格：气韵和风格。唐皎然《诗式》：『语与兴驱，势逐情起，作不由意，气格自高。』　恢恢：宽阔广大貌。《庄子·养生主》：『恢恢乎其于游刃必有余地矣。』

〔五〇〕砥柱：黄河中的坚强柱石。这里作动词，为能担当重任、起中坚作用的意思。　阆中：即『阆苑』，也称阆风苑、阆风之苑，意思是四面山形如高门，故名。传说在昆仑山之巅，是西王母居住的地方。在诗词中常用来泛指神仙居住的地方，有时也代指帝王宫苑，这里代指温州。楚屈原《离骚》：『朝吾将济於白水兮，登阆风而緤马。』 绾毂：控扼，扼制。《史记·货殖列传》：『然四塞，栈道千里，无所不通，唯褒斜绾毂其口，以所多易所鲜。』 九垓：亦作『九晐』『九陔』，中央至八极之地。《国语·郑语》：『王者居九晐之田，收经入以食兆民。』韦昭注：『九晐，九州之极数。』

〔五一〕阑干：借指北斗。明杨基《岳阳楼》：『春色醉巴陵，阑干落洞庭。』 瀚海：北海。 河汉：指银河，这里借指东海。 斗魁：指北斗七星之第一至第四星，即枢、璇、玑、权。泛指北斗。唐韩偓《感事三十四韵》：『斗魁当北坼，地轴向西偏。』这里借指大罗山。

〔五二〕岱岳：泰山的别称。《淮南子·地形训》：『中央之美者，有岱岳，以生五谷桑麻，鱼盐出焉。』高诱注：『岱岳，泰山也。』 终南：终南山，又称中南山，古名太乙山、地肺山、周南山，是秦岭西自武功县境、东至蓝田县境的总称，简称南山。 蓬莱：即蓬莱山，古代传说中的神山名，亦常泛指仙境，这里比喻为有如仙境般的龙湾。

〔五三〕天潢：古代作战渡水用的大船。《六韬·军用》：『以天浮张飞江，济大海，谓之天潢。一名天船。』维汉：银河。 假：借也。 灵鹫：灵鹫山，位于中印度摩羯陀国首都王舍城之东北侧，为著名的佛陀说法之地。其山名之由来，一说以山顶形状类于鹫鸟，另说因山顶栖有众多鹫鸟，故称之。南朝宋谢灵运《舟向仙岩寻三皇井》：『遥岚疑鹫岭，近浪异鲸川。』这里把大罗山比喻为灵鹫山。

〔五四〕揽远景：尽情将远景收揽于眼底。 绮靡：美好，艳丽。唐张说《一柱观》：『旧说江陵观，初疑神化来。空山结云阁，绮靡随风回。』　长眄：放眼远望。晋湛方生《天晴》：『落帆修江渚，悠悠极长眄。』崔嵬：高大，高耸。《楚辞·涉江》：『带长铗之陆离兮，冠切云之崔嵬。』

〔五五〕复水：指水流盘曲。宋林逋《风水洞》：『平昔常闻风水洞，重山复水去无穷。』　拱璧：大璧。《左传·襄公二十八年》：『与我其拱璧，吾献其柩。』孔颖达疏：『拱，谓合两手也，此璧两手拱抱之，故为大璧。』后因用以喻极其珍贵之物。这里的拱，亦可作动词，环绕、护卫的意思。　重城：古代城市在外城中又建内城，故称。晋左思《吴都赋》：『郛郭周匝，重城结隅。』　朝台：台名，又称朝汉台。在广东省南海县东北。相传汉文帝遣陆贾出使南粤，晓之以义，感之以诚，其王赵佗遂称臣。因冈作台，北面朝汉，朔望升拜，故名。唐刘禹锡《和杨侍郎初至郴州纪事书情题郡斋八韵》：『旌节下朝台，分圭从北回。城头鹤立处，驿树凤栖来。』这里的朝，亦可作动车，朝拜、朝见的意思。

〔五六〕云髲则仙掌合，日映乃莲花开：髲，头发下垂的样子，引申为下垂。意思是彩云低垂时大罗山似仙人合掌，艳阳映照时大罗山若盛开莲花。明王叔果《登大罗山》：『仙掌连云湿，青莲映日开。』

〔五七〕霞被：即『霞披』，谓披上霞光。元陈樵《八咏楼赋》：『琼壁霜寒，丹膢霞披。』　鵕鸃冠：即鸃冠，冠名。饰鵕鸃羽。秦汉之初以为郎官、侍中冠。北齐刘昼《新论·从化》：『赵武灵王好鵕鵔，国人咸冠鸃冠。』烟迷：谓为云雾所掩蔽。元无名氏《隔江斗智》：『见了些江景凄凄。荡洪波不分一个天地，望前程尚隔着雾锁烟迷。』　雁翎盔：就是装饰大雁翅膀或是尾巴上的硬而长的羽毛的头盔。鵕鸃冠、雁翎盔都是形容大罗山在特殊气象条件下的远眺景观。

〔五八〕光华：比喻才华或精神。宋苏轼《广心斋铭》：『前圣后圣，惠我光华。』　晔：光、光明灿烂、闪光的样子，亦形容才华外露。　浩气：正大刚直之气。唐牟融《谢惠剑》：『浩气中心发，雄风两腋生。』

宣：散布。

〔五九〕蕴蕴：深厚貌。唐元结《补乐歌·九渊》：『圣德至深兮，蕴蕴如渊。』　霭霭：云烟密集貌。晋陶潜《停云》：『霭霭停云，蒙蒙时雨。』　叆叇：依稀，不明的样子，昏暗貌。晋木华《海赋》：『气似天霄，叆叇云布。』　绵绵：连续不断貌。《诗·王风·葛藟》：『绵绵葛藟，在河之浒。』《毛传》：『绵绵，长不绝之貌。』

〔六〇〕沵漫：充满，布满。南朝梁沈约《八咏诗·晨征听晓鸡》：『出海涨之苍茫，入云途之沵漫。』元郑光祖《三战吕布》第一折：『杀气沵漫遮日月，喊声嘹亮震青霄。』清顾炎武《田功论》：『今之中土，沵漫蒿莱。』　岑崟：山势险峻貌。唐孟郊《连州吟》：『连山何连连，连天碧岑崟。』　缥缈：隐隐约约，若有若无的样子，形容空虚渺茫。　中天：高空中，当空。

〔六一〕矗矗：高峻貌；巃嵸：高耸。汉司马相如《上林赋》：『于是乎崇山矗矗，巃嵸崔巍，深林巨木，崭岩嵾嵯。』　颠颠：高直貌，专注貌。《庄子·马蹄》：『故至德之世，其行填填，其视颠颠。』成玄英疏：『填填，满足之心。颠颠，高直之貌……所以守真内足，填填而处无为；自不外求，颠颠而游于虚淡。』陆德明《释文》：『颠颠，崔（崔撰）云：专一也。』

〔六二〕巀嶭：高峻貌。汉司马相如《上林赋》：『九嵕巀嶭，南山峨峨。』　崎崛：山势险绝的样子。汉司马相如《上林赋》：『岩陁甗锜，摧崣崎崛。』　蹇连：《易·蹇卦》：『往蹇来连。』王弼注：『往来皆难，故曰往蹇来连。』孔颖达疏：『马云：连亦难也。』后以『蹇连』指艰难困厄。　屯邅：处境险恶，前进困难。

《易·屯卦》：『六二：屯如邅如，乘马班如。』亦用以比喻人之困顿不得志。

〔六三〕谽呀：山谷空旷貌。清吴伟业《林屋洞》：『传闻过险涩，谽呀来天风。』　嶰谷：昆仑山北谷名，汉应劭《风俗通·声音序》：『昔黄帝使伶伦自大夏之西，昆仑之阴，取竹于嶰谷，生其窍厚均者，断两节而吹之，以为黄钟之宫。』　豁閜：犹虚空。汉司马相如《上林赋》：『振溪通谷，蹇产沟渎，谽呀豁閜。』司马贞《索隐》引司马彪曰：『豁閜，空虚也。』　辋川：即辋谷水。诸水会合如车辋环辏，故名。在陕西省蓝田县南，源出秦岭北麓，北流至县南入灞水。唐诗人王维曾置别业于此。《新唐书·文艺传中·王维》：『别墅在辋川，地奇胜，有华子冈、欹湖、竹里馆、柳浪、茱萸沜、辛夷坞，与裴迪游其中，赋诗相酬为乐。』

〔六四〕老君：老君山，云南丽江老君山是云岭主山脉，处于玉龙雪山、三江并流、苍山洱海三个国家级风景名胜区的接合部，是玉龙雪山风景名胜区的重要组成部分。因传说太上老君曾在此炼丹而得名。　藏拙：掩藏拙劣，不以示人。出自老子《道德经》：『大直若屈，大巧若拙，大辩若讷。』　畏垒：畏垒山，《庄子》一书说，庚桑楚学得老子的学说，住到畏垒山上。　去贤：远离贤人和智者。《庄子·庚桑楚》：『老聃之役有庚桑楚者，偏得老聃之道，以北居畏垒之山，其臣之画然知者去之，其妾之挈然仁者远之；拥仲之与居，鞅掌之为使。』

〔六五〕罗浮梦：唐柳宗元《龙城录》载：传说隋开皇中，赵师雄于罗浮山遇一女郎，与之语，则芳香袭人，语言清丽，遂相饮竟醉，及觉，乃在大梅树下。『罗浮梦』比喻好景不长，人生如梦。　今夕何年：出自苏东坡《水调歌头》：『不知天上宫阙，今夕是何年。』这里是作者所抒发的『江山恒久远，人事渺难追』的感慨。

〔六六〕南荣：欣欣向荣之南方地区。出于《楚辞·九怀》：『玄武步兮水母，与吾期兮南荣。』王逸注：『南方冬温，草木常茂，故曰南荣。』　郁郁：生长茂盛。　阡阡：茂盛貌。南朝齐谢朓《游东田》：『远树暖阡阡，生烟纷漠漠。』李善注引《广雅》：『芊芊，盛也。』吕向注：『阡阡，茂美貌。』

〔六七〕松杉涧底：生长在涧谷底部的松树和柳杉。多喻德才高而官位卑的人。晋左思《咏史》：『郁郁涧底松，离离山上苗。以彼径寸茎，荫此百尺条。』　菁莪：菁，古代指『芜菁』，即『蔓菁』。莪，莪蒿，多年生草本植物，生水边，叶像针，开黄绿小花，叶嫩时可食。《诗·小雅·菁菁者莪序》：『菁菁者莪，乐育材也，君子能长育人材，则天下喜乐之矣。』后以『菁莪』指育材，这里指青衿学子。　临渊：处于深渊边缘，戒慎貌。《诗·小雅·小旻》：『战战兢兢，如临深渊，如履薄冰。』

〔六八〕梓椅：指梓树与山桐子，古代以为制琴瑟之材，比喻有才干的人。《诗·鄘风·定之方中》：『树之榛栗，椅桐梓漆，爰伐琴瑟。』郑玄笺：『树此六木于宫者，曰其长大可伐以为琴瑟，言豫备也。』朱熹《集传》：『四木皆琴瑟之材也。』　荫翳：枝叶繁茂。宋欧阳修《醉翁亭记》：『树林荫翳，鸣声上下，游人去，而禽鸟自乐也。』　兰杜：兰花和杜若，两种能散发芳香的植物。一般用来比喻人的高洁情操。唐王昌龄《同从弟南斋玩月忆山阴崔少府》：『美人清江畔，是夜越吟苦。千里共如何，微风吹兰杜。』　高悬：高高挂起。

〔六九〕崭岩：高峻的山崖。汉班固《西都赋》：『超洞壑，越峻崖，蹶崭岩，钜石隤。』　参嵳：亦作『嵾嵯』，同『参差』，形容山峰高低不平，不齐貌。汉司马相如《上林赋》：『深林巨木，崭岩参嵳。』吕延济注：『崭岩嵾嵳，险峻不齐貌。』　碨磊：高低不平貌；突起貌。唐杜甫《骢马行》：『隅目青荧夹镜悬，肉鬃碨磊连钱动。』　填填：端整稳固貌。《尚书大传》：『孔子曰：「丘常悉心尽志以入其中，则前有高岸，后有大溪，填填正立而已。」』《淮南子·兵略训》：『不袭堂堂之寇，不击填填之旗。』

〔七〇〕黄碝：黄色的如玉美石。汉司马相如《上林赋》：『蜀石黄碝，水玉磊砢。』郭璞注：『碝，碝石，黄色。』碔砆：似玉之石。汉司马相如《子虚赋》：『碝石碔砆。』李善注引张揖曰：『碝石、碔砆，皆石之次玉者……碔砆，赤地白采，葱茏白黑不分。』 林冠：森林中互相连接在一起树冠的总称。这里指岩石悬于林端，好像戴在树林头顶上的帽子。南朝宋谢灵运《石室山》：『石室冠林陬，飞泉发山椒。』 杪巅：也作『杪颠』，树木末梢。汉司马相如《上林赋》：『夭蟜枝格，偃蹇杪颠。』

〔七一〕偃蹇：宛转委曲，屈曲。汉淮南小山《招隐士》：『桂树丛生兮山之幽，偃蹇连蜷兮枝相缭。』 倾崎：倾侧，倾斜。战国宋玉《高唐赋》：『盘石险峻，倾崎崖隤。』 不崩不骞：谓不亏损，不坍圮。语出《诗·小雅·天保》：『如南山之寿，不崩不骞。』

〔七二〕卓诡：高超奇异。《汉书》颜师古注：『卓，高远也。诡，异于众也。』

〔七三〕腾踔：跳起；凌空。晋左思《吴都赋》：『狖鼯猓然，腾踔飞超。』 驰突：指快跑猛冲。语出《后汉书·南匈奴传论》：『云屯乌散，更相驰突。』 颉颃：指鸟上下翻飞。语本《诗·邶风·燕燕》：『燕燕于飞，颉之颃之。』 翩跹：亦作『蹁跹』，形容轻快地跳舞。《梁书·王僧孺传》：『含吐缃缥之上，翩跹樽俎之侧。』

〔七四〕金鸡独立：指大罗山上的金鸡独立岩。 龙脊：指大罗山上的龙脊岭。

〔七五〕猿狖：泛指猿猴。《楚辞·九章·涉江》：『深林杳以冥冥兮，乃猿狖之所居。』 夭蟜：形容姿态伸展屈曲而有气势。晋郭璞《江赋》：『抚凌波而凫跃，吸翠霞而夭蟜。』 横眠：倒卧而眠。

〔七六〕上林苑：古帝王林苑。在今陕西西安西及周至、户县。秦始皇三十五年（前二一二）营建朝宫于此，阿房宫即其前殿，汉初荒废。武帝时，又收为宫苑，周围二百多里，放养禽兽，并建离宫、观、馆数十处。这里指汉司马相如《上林赋》飞禽走兽的场景。　云梦泽：又称云梦大泽，中国湖北省江汉平原上的古代湖泊群的总称。这里指汉司马相如《子虚赋》中飞禽走兽的场景。

〔七七〕凛凛：寒冷的样子。元郝经《秋思》：『静听风雨急，透骨寒凛凛。』　觱发：觱沸，泉涌出貌。宋苏轼《洞酌亭诗序》：『琼山郡东，众泉觱发，然皆冽而不食。』　亹亹：水流貌。晋左思《吴都赋》：『玄荫耽耽，清流亹亹。』吕向注：『亹亹，渌水徐进之势。』　涓涓：细水缓流的样子。《荀子·法行》：『《诗》曰：「涓涓源水，不雝不塞。」』

〔七八〕溪流玉石：溪水流于玉石之上。这里实指瑶溪，本名瑶川，因溪而得名，张璁以其『溪石皆玉色』，遂改名瑶溪。　秩秩斯干：《诗·小雅·斯干》：『秩秩斯干，幽幽南山。』大意为：涧水清清流不停，南山深幽多清静。

〔七九〕苔枝：长有苔藓的梅枝。宋范成大《梅谱》记录绍兴、吴兴一带的古梅『苔须垂于枝间，或长数寸，风至，绿丝飘飘可玩』。　弄色：显现美色。宋苏轼《宿望湖楼再和》：『新月如佳人，出海初弄色。』　筱媚清涟：语出南朝宋谢灵运《过始宁墅》：『白云抱幽石，绿筱媚清涟。』绿筱，嫩绿的竹子。媚，妍美，此处用作动词，有献美以表示友好之意。清涟，水清澈而有波纹。这两句的大意是：天边的白云环抱着清幽的山石，嫩绿的青竹频频向清澈的水波陈献妩媚娇柔。

〔八〇〕崩落：又称『崩坍』，陡峭斜坡上岩块、土体在重力作用下发生的突然、快速下移运动。这里指水流从陡峭山坡上气势浩大的倾泻状态。　猗靡：随风飘拂貌；婀娜貌。汉司马相如《子虚赋》：『于是郑女曼姬，被阿緆，揄纻缟……扶舆猗靡，翕呷萃蔡。』张铣注：『言美人等披丽服，扶楚王之舆，倚靡相随貌。』　婵娟：

形容姿态曼妙优雅。唐孟郊《婵娟篇》：『花婵娟，泛春泉；竹婵娟，笼晓烟。』

〔八一〕随珠：同『隋珠』，即随侯珠，中国春秋战国时期随国的珍宝，与和氏璧并称为『春秋二宝』。　迸溅：向四处迸射溅落。　雪沸冰旋：像雪般沸腾，像冰般飞旋。

〔八二〕滈滈：水泛白光貌。汉司马相如《上林赋》：『然后灏溔潢漾，安翔徐回，翯乎滈滈，东注太湖，衍溢陂池。』郭璞注：『水白光貌也。』　雾縠：指薄雾般的轻纱或轻纱般的薄雾。战国宋玉《神女赋》：『动雾縠以徐步兮，拂墀声之珊珊。』李善注：『縠，今之轻纱，薄如雾也。』　皎皎：洁白，清白。《诗·小雅·白驹》：『皎皎白驹，在彼空谷。』　轻烟：轻淡的烟雾。南朝梁元帝《咏雾》：『乍若轻烟散，时如佳气新。』

〔八三〕铿耾：亦作『铿鈜』，象声词，形容声音洪亮。晋左思《吴都赋》：『与夫唱和之隆响，动钟磬之铿耾。』李善注：『铿耾，大声。』　清圆：谓声音清亮圆润。宋苏辙《赠杭僧道潜》：『赋形已孤洁，发响仍清圆。』

〔八四〕幽噎：同『幽咽』。唐元稹《江陵三梦》：『言罢泣幽噎，我亦涕淋漓。』　管钥：亦作『筦钥』，两种乐器名。《孟子·梁惠王下》：『管钥之音。』赵岐注：『管，笙；钥，箫。或曰钥若笛，短而有三孔。』　萃蔡：象声词，衣服摩擦声。汉司马相如《子虚赋》：『扶舆猗靡，翕呷萃蔡。』郭璞注引张揖曰：『萃蔡，衣声也。』　弹弦：弹奏弦乐器。晋左思《蜀都赋》：『巴姬弹弦，汉女击节。』

〔八五〕醪：美酒。　碧：代指绿水。唐李白《望天门山》：『碧水东流至此回。』　天河：银河的通称。这里指大罗山顶的天河水库。　琼浆：亦作『璚浆』，仙人的饮料，喻美酒。《楚辞·招魂》：『华酌既陈，有琼浆些。』宋杨万里《谢陈希颜惠兔羓》：『偷将缺吻吸琼浆，蜕尽骨毛作仙子。』

〔八六〕天池：大海。《庄子·逍遥游》：『南冥者，天池也。』这里指大罗山上的天池水库。　玉液：

琼树花蕊的汁液。《楚辞·九思·疾世》：『从卬遨兮栖迟，吮玉液兮止渴。』王逸注：『玉液，琼蕊之精气。』

〔八七〕四塞：指四境皆有天险，可作屏障。汉班固《东都赋》：『且夫僻界西戎，险阻四塞，修其防御，孰与处乎土中。』　仇池：仇池山。《开山图》云：『仇池山四绝孤立，太昊之治，伏羲生处。』人文始祖伏羲就出生在仇池山主峰伏羲崖。　无根之水：指未落地的雨水，常作中医药引之用。

〔八八〕纲维：天纲地维。古人以为天圆地方，天有九柱支持，地有四维系缀。这里极言其高、极言其要。六合：上下和东西南北四方，即天地四方，泛指天下或宇宙。汉贾谊《过秦论》：『及至始皇……吞二周而亡诸侯，履至尊而制六合。』　博望槎：晋张华《博物志》：『汉武帝令张骞穷河源，乘槎经月而去，至一处，见城郭如官府，室内有一女织，又见一丈夫牵牛饮河，骞问云：「此是何处？」答曰：「可问严君平。」织女取支机石与骞而还。』张骞曾封博望侯。后因以指张骞乘槎至天宫事。元吴莱《浦阳十景·滨裹江源》：『清澄灌或於陵圃，窈窕寻犹博望槎。』　津：泛指一般的河流。这里指天河、银河。

〔八九〕娟：柔弱纤细。　柔桡：柔弱苗条貌。汉司马相如《上林赋》：『若夫青琴宓妃之徒……柔桡嫚嫚，妩媚孅弱。』郭璞注：『柔桡、嫚嫚，皆骨体耎弱长艳貌也。』　绰约：形容女子姿态柔美的样子。《庄子·逍遥游》：『肌肤若冰雪，绰约若处子。』

〔九〇〕姝：容貌娇好。　清润：清亮圆润。　和均：谓文雅而有风度。王国维《人间词话》：『东坡《水龙吟》咏杨花，和均而似原唱；章质夫原唱而似和均，才之不可强也如是。』

〔九一〕婉：曲折含蓄。　沉奫：水深广貌。明方孝孺《默庵记》：『予尝见夫万仞之渊乎！方其静也，沉奫涵蓄，不震不激。』　涵蓄：涵蓄，指意思或感情含而不露。语出金王若虚《论语辨惑》：『不曰不学，而曰未学，意有涵蓄矣。』

〔九二〕奼：娇美艳丽。　靡曼：华美，华丽。《晏子春秋》：『君无以靡曼辩辞定其行，无以毁誉非议定其身。』汉东方朔《非有先生论》：『目不视靡曼之色，耳不听钟鼓之音。』　淑真：美善真实。汉王符《潜夫论·论荣》：『今观俗士之论也，以族举德，以位命贤，兹可谓得论之一体矣，而未获至论之淑真也。』

〔九三〕雨骤：雨势迅猛。南朝梁王湜《赠情人》：『雨骤行人断，云聚独悲深。』　楼坠绿珠：绿珠（？—三〇〇），今广西博白县双凤镇绿罗村人，生双角山下，西晋石崇宠妾，中国古代美女之一。石崇失势，依附于赵王伦的孙秀暗慕绿珠，索要绿珠未果，于是赵王伦派兵捉拿石崇。石崇对绿珠叹息说：『我现在因为你而获罪。』绿珠流泪说：『愿效死于君前。』遂坠楼而死。　浣纱：指西施，因西施浣纱于若耶溪而得名。唐王轩《题西施石》：『岭上千峰秀，江边细草春。今逢浣纱石，不见浣纱人。』　含颦：谓皱眉，亦指西施。因西施捧心敛眉而得名。

〔九四〕啴嗳：亦作『啴缓』，柔和舒缓之声。唐孙过庭《书谱》：『岂惟驻想流波，将贻啴嗳之奏。驰神睢涣，方思藻绘之文。』汉王褒《四子讲德论》：『有二人焉，乘辂而歌……啴缓舒绎，曲折不失节。』吕延济注：『啴缓舒绎，柔和之声也。』　霓裳：指霓裳羽衣舞。唐裴铏《传奇·薛昭》：『妃（杨贵妃）甚爱惜，常令独舞《霓裳》于绣岭宫。』　青琴：传说中的女神名。汉司马相如《上林赋》：『若夫青琴宓妃之徒，绝殊离俗，姣冶娴都。』　流藻：铺陈辞藻，意谓施展文才。三国魏曹植《薤露行》：『骋我径寸翰，流藻垂华芳。』　回雪：形容舞姿如雪飞舞回旋，比喻女子舞姿的轻盈优美。汉张衡《观舞赋》：『裾似飞燕，袖如回雪。』三国魏曹植《洛神赋》：『髣髴兮若轻云之蔽月，飘飖兮若流风之回雪。』　洛神：又名宓妃，远古时代神话传说中的女神，乃伏羲氏之女，因迷恋洛河两岸的美丽景色，降临人间，来到洛阳。曹植的《洛神赋》即是描写她的千古名篇。

〔九五〕苍狗：唐杜甫《可叹》曰：『天上浮云似白衣，斯须改变如苍狗。』后比喻世事变幻无常。

〔九六〕碧宇：青天。元陈樵《夜阑曲》：『碧宇星回夜漫漫，灵芜烟暖重熏荐。』 烂漫：颜色鲜明而美丽。青冥：形容青苍幽远，指仙境，天庭。唐李白《梦游天姥吟留别》：『青冥浩荡不见底，日月照耀金银台。』弥伦：融合。《易·系辞传》曰：『易与天地准，故能弥伦天地之道。』

〔九七〕干戚：干，盾牌。戚，大斧。盾与斧，古代的两种礼器，亦为武舞所执的舞具。《诗·大雅·公刘》：『弓矢斯张，干戈戚扬，爰方启行。』晋陶潜《读〈山海经〉》诗之十：『刑天舞干戚，猛志固常在。』这里借指大罗山灵动欲舞的奇峰秀石。 嶊崣：高大。汉司马相如《上林赋》：『岩陁甗锜，嶊崣崛崎。』 锦纶：有花纹的丝织品。这里以碧玉、锦纶借喻大罗山天河、秀垟、天池等水库之水形、水质和水色。

〔九八〕婧：女贞也。 醇：通『纯』，无杂质。《书·说命中》：『惟厥攸居，政事惟醇。』

〔九九〕顾公罗隐：大罗山顾公洞、罗隐洞，分别以明末礼部尚书顾瑞屏和唐末诗人罗隐命名。 李王寨城：大罗山之李王尖、寨城尖。

〔一〇〇〕将军叫客：大罗山将军岩、叫客岩。 梅雨美人：大罗山中梅雨瀑、美人瀑。其中美人瀑因二十世纪五十年代水库修筑而消失。

〔一〇一〕杨仆楼船：汉楼船将军杨仆。唐张又新（曾任温州刺史）《泉山》：『越王曾保此山巅，杨仆楼船几控弦。犹有旧时悬冰在，鲛绡千尺玉潺湲。』认为『越王居保泉山』之泉山即为温州大罗山之前身。 越王：指东越王余善。余善（？—前一一〇），姓驺氏，闽越王无诸之后，闽越王郢之弟，西汉时期诸侯王。公元前一一一年，余善得知杨仆请求讨伐东越，便先发制人，派兵在汉军必经之路抵抗，攻入白沙等要隘，杀死汉军校尉。余善自立称帝，公开反叛汉廷。汉武帝于是分兵四路讨伐东越。公元前一一〇年，四路汉军进抵闽境，余善分兵防守，自己统兵据守泉山抵抗。吴阳劝说余善放弃抵抗，余善不听。吴阳便率兵七百攻占汉阳，余善腹背受敌，便放弃泉山，退至冶都。建成侯敖与繇君居股合谋，杀死余善，投降汉廷，东越灭亡。余善死后，葬于候官宁棋里。余善据守的『泉山』，著名史学家劳干先生认为就是温州龙湾的大罗山，传说即为闽越国『二王并处』时期的另一政治、文化、军事中心。　古都：指古代王朝的政治中心。《方舆胜览》：『《汉书》东越王居保泉山。』有史料分析认为，保泉山即今之大罗山。　蚤：古同『早』。　堙：泯灭；埋没。宋王安石《东方朔》：『金玉本光莹，浮沙岂能堙。』韦昭注：『堙，没也。』

〔一〇二〕千佛：指龙湾瑶溪国安寺千佛塔，亦称国安寺塔或国安寺石塔。　慧光：指仙岩圣寿禅寺的慧光塔。　仙岩：指仙岩书院，在瑞安仙岩（后迁澍村），南宋时期温州大学者陈傅良，在仙岩创办『仙岩书院』，讲学授徒。　贞义：指瑶溪贞义书院，前身为罗峰书院，正德十三年（一五一八），明首辅张璁乡荐后创办，位于五都姚溪（今温州市龙湾区瑶溪镇）。嘉靖七年（一五二八），世宗皇帝为之敕建，且赐名为『贞义书院』，更具规模。嘉靖三十七年（一五五八）四月，贞义书院因倭患毁于兵火，仅存遗迹。这是古代温州唯一奉旨敕建的书院。

〔一〇三〕寒潭：寒凉的水潭。出处为南朝宋谢灵运《九日从宋公戏马台集送孔令》：『凄凄阳卉腓，皎皎寒潭洁。』唐王勃《滕王阁序》：『潦水尽而寒潭清，烟光凝而暮山紫。』这里指清苦的环境、高尚的品德。　白鱼：白鱼入舟的典故，本义指白鲦跳入舟中。比喻用兵必胜的征兆，也形容好兆头的开始。《史记·周本纪》：

『武王渡河，中流，白鱼跃入王舟中，武王俯取以祭。既渡，有火自上复于下，至于王屋，流为乌，其色赤，其声魄云。』王充《论衡·指瑞》：『夫凤麟之来，与白鱼、赤乌之至无以异也。』这里指隐居此地深山的读书人，日后必能飞黄腾达之预兆。　泓澄：形容水深而清澈。唐白居易《湖亭晚望残水》：『泓澄白龙卧，宛转青蛇屈。破镜折剑头，光芒又非一。』　隐鳞：神龙隐匿其鳞，比喻贤者待时而动。三国魏曹植《矫志》：『仁虎匿爪，神龙隐鳞。』这里指明嘉靖大学士张璁。张璁教授罗山，少年即以卧龙自喻，见自诗《题族兄便面》：『有个卧龙人，平生尚高洁。』

〔一〇四〕溪山天下第一：有人认为，这是南宋理学家、诗人朱熹来仙岩访陈傅良，并与之切磋理学时，深为感佩，于是留题八字金言：『溪山第一』『开天气象』。事实上，这个说法过于牵强，明显与朱熹对『永嘉学派』的态度迥异。据考证，朱熹的八字真言，实际上是对温州另一位隐居仙岩的理学大师林石学问成就的褒扬。林石（一〇〇四—一一〇一），字介夫，世称塘岙先生。少从仙居管师常游，二人均专心研究《春秋》，而当时中原学术界大行《三经新义》，轻视《春秋》，林石坚持用《春秋》教授生徒，自己也绝意仕进，对永嘉学者周行己、许景衡等人颇有影响。周行己称他与程颐、吕大临、袭原齐名，都行古道，被尊为世宗师。南宋陈傅良《新妇墓表》：『熙宁、元丰年间，宋兴且百年，介夫以明经笃行著称于世。』朱熹也认为林石的学问成就，超过『洛学』之『二程』。被永嘉学者尊为『皇祐三先生』之一。

〔一〇五〕瓯居海中：《山海经·海内南经》：『海内东南陬以西者，瓯居海中。』晋郭璞为《山海经》『瓯居海中』作注：『……即东瓯。在岐海中也。』这是『瓯海』地名的最早由来。　蛮、夷：古代泛指华夏民族以外的少数民族，包括南蛮和东夷。　隅、陬：角落。

〔一〇六〕断发文身：《战国策·赵策》：『被发文身，错臂左衽，瓯越之民也。』断发文身是南方海边、大河的近水居民共同的风尚，同时也是原始民族图腾崇拜的反应。　衣鱼食鸥：《山海经》称：『瓯居海……瓯人衣鱼食鸥』。意思是穿的像鱼，吃的像鸥。《逸周书·王会解》：『东越海蛤，瓯人蝉蛇，蝉蛇顺食之美。』

〔一〇七〕栖：多为停留的意思。　山崴：称山、水弯曲的地方。　晻乎：迅速的样子。汉司马相如《上林赋》：『消摇乎襄羊，降集乎北纮，率乎直指，晻乎反乡。』

〔一〇八〕蹇足：跛足。《晋书·葛洪传》：『岂况大块禀我以寻常之短羽，造化假我以至驽之蹇足。』　泥沼：淤积的低洼地，淤泥沼泽，也比喻处境困难不能自拔。　束湿：原意是捆扎湿物，这里形容生活的窘迫困厄。清郑燮《赠潘桐冈》：『天公曲意来缚絷，困倒扬州如束湿。』　寝丘：《吕氏春秋·异宝》：『孙叔敖疾，将死，戒其子曰：「王数封我矣，吾不受也。为我死，王则封汝，必无受利地。楚、越之间有寝之丘者，此其地不利，而名甚恶。荆人畏鬼，而越人信禨。可长有者，其唯此也。」孙叔敖死，王果以美地封其子，而子辞，请寝之丘，故至今不失。』这里指荒芜贫瘠之地。

〔一〇九〕飙风：强劲的风，指台风。　雷动：语本《易·说卦》：『雷以动之。』后用『雷动』指如雷之轰鸣，多以形容气势宏大或场面热烈。汉贾谊《旱云赋》：『正帷布而雷动兮，相击冲而碎破。』　或簸或蹂：《诗·大雅·生民》：『或舂或揄，或簸或蹂。』簸，扬米去糠。蹂，以手搓余剩的谷皮。这里借指颠簸和蹂躏的意思。

〔一一〇〕折木蜚屋：折断树木，毁坏房屋。《庄子·秋水》：『虽然，夫折大木、蜚大屋者，唯我能也，故以众小不胜为大胜也。』蜚，飞也。　六极：《尚书·洪范》：『六极：一曰凶、短、折，二曰疾，三曰忧，四曰贫，五曰恶，六曰弱。』孔颖达疏：『六极，谓穷极恶事有六。』《楚辞·九思·逢尤》：『愍余命兮遭六极，委玉质兮于泥涂。』　纠纠：纠缠交错貌。《诗·魏风·葛屦》：『纠纠葛屦，可以履霜。』《毛传》：『纠纠犹缭缭也。』

〔一一一〕海吼：即海啸。海啸是由海底地震、火山爆发、海底滑坡或气象变化产生的破坏性海浪。据史载，南宋乾道二年（一一六六）八月秋分晚，温州沿海发生特大海啸，这次海啸，在浙江南部地区导致数万人死亡，许多沿海村庄夷为平地。《宋史·五行志》、宋代著名学者叶适《宜人郑氏墓志铭》，以及温州沿海各县和邻近的青田县的古代地方志，都提到了这次大海啸的简况。　崩摧：倒塌毁坏。　如寇如仇：即寇仇。出自《孟子·离娄下》：『孟子告齐宣王曰：君之视臣如手足，则臣之视君如腹心；君之视臣如犬马，则臣之视君如国人；君之视臣如土芥，则臣之视君如寇仇。』

〔一一二〕枕藉：亦作『枕籍』，物体纵横相枕而卧，言其多而杂乱。汉班固《西都赋》：『禽相镇压，兽相枕藉。』啾啾：象声词，指各种凄切尖细的声音。唐杜甫《兵车行》：『新鬼烦冤旧鬼哭，天阴雨湿声啾啾。』

〔一一三〕栖苴：挂在树上的水草。《诗·大雅·召旻》：『如彼岁旱，草不溃茂，如彼栖苴。』朱熹《集传》：『栖苴，水中浮草栖于木上者。』后用为穷困窘迫的典实。　被：古同『披』，遍布，覆盖。　芜秽：荒芜。谓田地不整治而杂草丛生。《楚辞·离骚》：『虽萎绝其亦何伤兮，哀众芳之芜秽。』　长洲：水中长形陆地。《楚辞·九章·思美人》：『擘大薄之芳茝兮，搴长洲之宿莽。』汉王粲《登楼赋》：『挟清漳之通浦兮，倚曲沮之长洲。』

〔一一四〕饥馑荐臻：饥馑：饥荒。荐臻：接连到来。连年灾荒不断。出处《诗·大雅·云汉》：『何辜今之人，天降丧乱，饥馑荐臻。』　号呼：大声叫唤。语出《诗·大雅·荡》：『既愆尔止，靡明靡晦。式号式呼，俾昼作夜。』《楚辞·九章·惜诵》：『退静默而莫余知兮，进号呼又莫吾闻。』　不雠：不回答。《诗·大雅·抑》：『无言不雠，无德不报。』朱熹《集传》：『雠，答也。』

〔一一五〕台骀：上古时代传说中的人物。台骀治水早于大禹治水，是中国历史上成功治理江河的创始人。鲧禹：大禹治水，又称为鲧、禹治水，是中国古代神话传说故事，源自著名的上古大洪水传说。三皇五帝时期，黄河泛滥。作为黄帝的后代，鲧、禹父子二人受命于唐尧、虞舜二帝，分别任崇伯和夏伯，负责治水事宜。焉往：去了哪里？　焉筹：筹划哪里或去了哪里筹划？

〔一一六〕其毒大苦：深受折磨，痛苦不堪。《诗·小雅·小明》：『心之忧矣，其毒大苦。』　忧忧：忧愁貌。《楚辞·九章·抽思》：『数惟荪之多怒兮，伤余心之忧忧。』王逸注：『忧，痛貌也。』

〔一一七〕惩羹吹齑：羹，用肉、菜等煮成的汤。齑，细切的冷食肉菜。被热汤烫过嘴，吃冷食时条件反射地也要吹一吹。比喻鉴于以往的教训，遇事过于小心。出自战国屈原《九章·惜诵》：『惩于羹者而吹齑兮，何不变此志也。』　由由：迟疑、犹豫貌。汉刘向《九叹·惜贤》：『默顺风以偃仰兮，尚由由而进之。』王逸：『由由，犹豫也。言己欲寂默不语，以顺风俗，随众俯仰，而不敢毁誉，然尚犹豫不肯进也。』

〔一一八〕壅：堆积。《兴州江运记》：『于是决去壅土，疏导江涛。』　御：抵挡，防御。　啮：（潮汐）侵蚀。唐李白《金陵白下亭留别》：『汉水啮古根。』　厌：以迷信的方法，镇服或驱避可能出现的灾祸，或致灾祸于人。《史记·高祖本纪》：『秦始皇帝常曰：「东南有天子气。」于是因东游以厌之。』　沈牛：沈，沉也。谓古代沉牛于水，以祭川泽。唐杜甫《滟滪堆》：『沈牛答云雨，如马戒舟航。』

〔一一九〕浚：疏通，挖深。　漉：液体慢慢地渗下，滤过。让水边的泥滩滤掉水分，慢慢干涸以结成土块。

辟：开垦，开辟。　绸缪：情意殷切。汉李陵《与苏武诗》：『独有盈觞酒，与子结绸缪。』

〔一二〇〕埼：弯曲的岸。　荡：清除，弄光。　埽：治河时用树枝、秫秸、石头等来护堤堵口。《梦溪笔谈》：『凡塞河决，垂合，中间一埽，谓之合龙门。』这里作动词，筑堤的意思。　不愆：谓不错过时期。南朝齐王融《永明九年策秀才文》：『将使杏花菖叶，耕获不愆。』

〔一二一〕案衍：地势低洼的样子。汉司马相如《子虚赋》：『其南则有平原广泽，登降陁靡，案衍坛曼，缘以大江，限以巫山。』　陵：古同『凌』，侵犯，欺侮。　不辍：事物永不休止的一种发展状态，不停，不止，不绝。《论语·微子》：『耰而不辍。』　耰：用耰松土并使土块细碎，亦指覆种。《孟子》：『播种而耰之。』

〔一二二〕往车虽折，来轸方遒：折，翻转，倒腾，毁坏。轸，古代车后的横木，指称车子。方，正。遒，健，有力。指前面的车子翻转了，后继而来的车子正在有力地行进，比喻人事的先后相继不断。《后汉书·左雄等传论》：『往车虽折，而来轸方遒。』

〔一二三〕夙夜匪懈：夙夜，早晚，朝夕。匪，不。懈，懈怠。形容日夜谨慎工作，勤奋不懈。　盍：何也。休囚：犹言失时，失运，命运不济。宋葛立方《韵语阳秋》：『二人皆非以甲乙丙丁休囚旺相而求吉凶者也。』清翟灏《通俗编·祝诵》：『《论衡·命禄篇》：「春夏休囚，秋冬旺相，非能为之也，天道自然。」按阴阳家书，五行递旺于四时，凡动作宜乘旺相之气，如春三月，则木旺、火相、土死、金囚、水休；夏三月，则火旺、土相、金死、水囚、木休，故俗语以凡得时为旺相，失时为休囚也。』

〔一二四〕轇輵：交错，杂乱。《楚辞·九叹·远游》：『潺湲轇輵，雷动电发，馺高举兮。』　涓浍：浍，田间水沟，小水流，小河。南朝刘宋谢灵运《白石岩下径行田》：『千顷带远堤，万里泻长汀。州流涓浍合，连统膝埒并。』 劉流：回转貌。汉张衡《思玄赋》：『乘天潢之泛泛兮，浮云汉之汤汤。倚招摇摄提以低佪劉流兮，察二纪五纬之绸缪遹皇。』李善注：『劉流，缭绕也。』

〔一二五〕湫湄：小水，水草交接之处。晋左思《魏都赋》：『况河冀之爽垲，与江介之湫湄。』 延属：相连。晋左思《吴都赋》：『长干延属，飞甍舛互。』 坰野：犹坰外。晋左思《魏都赋》：『腜腜坰野，奕奕菑亩。』平畴：即指广袤平坦的原野。

〔一二六〕河泥荡月：河泥荡是龙湾一处古老的沼泽公园。每逢中秋，人们有去河泥荡赏月的习俗。据说每当到了午夜，月圆之时，水面上会出现『皇帝金椅』的水影。也是骚人墨客赏月和吟诗作对的场所。大漠：指我国西北部一带的广大沙漠地区。 鹰扬：武事的代称。太平天国洪仁玕《干王洪宝制》：『况我真圣主文武同科，鹿鸣与鹰扬并重。』

〔一二七〕昙湖：龙湾双溪东下汇水成湖，名曰『昙湖』。清张子容《罗东十七景词》：『昙湖秋月。』 烟柳：烟雾笼罩的柳林，亦泛指柳林、柳树。唐张仲素《春游曲》：『烟柳飞轻絮，风榆落小钱。』 陇头云：借指边塞。宋苏轼《行香子》：『别来相忆，知有何人？有湖中月，江边柳，陇头云。』

〔一二八〕孙恩之徒：孙恩（？—四〇二），字灵秀，琅琊郡（今属山东）人，家族世奉五斗米道，是永嘉南渡世族。东晋隆安三年（三九九）起兵反晋，余众由孙恩妹夫卢循领导，世称『孙恩卢循之乱』。元兴元年（四〇二）三月，孙恩进攻临海失败，跳海自杀。孙恩海上反乱被称为『中原海寇之始』，为后世海盗活动提供了经验。后人常称海盗为孙恩，孙恩成了海盗的代名词。『罗平』：明姜准《岐海琐谈·『罗平』三起事》：『大德元年（一二九七），平阳陈空崖同嫂苏锦娘反，建「罗平」旗号。稽之往昔，唐咸通元年（八六〇），浙东贼裘甫，称天下都知兵马使，改元「罗平」，铸印曰「天平」。甫党攻温州，郡将龚将军死之。乾宁二年（八九五），董昌僭号于越，称「大越罗平国」，建元「天册罗平」之号。后先相袭，不约而同。且皆败不旋踵，亦异事也。』

〔一二九〕海精：台州有『洋屿青，出海精』的谣谚，『洋屿』，就是洋屿山；『海精』指方国珍。方国珍（一三一九—一三七四），台州黄岩（今浙江黄岩）人，元末明初浙东农民起义军领袖。元朝末年，统治者对百姓的压迫和管制十分恶劣，加上当时灾害多，民不聊生。陶宗仪辑有浙东民谣曰：『天高皇帝远，民少相公多。一日三遍打，不反待如何？』　海潮：即苗海潮，隋末农民起义军首领，下邳（今江苏邳县南）人。隋炀帝大业九年（六一三）聚众反隋，不久并入杜伏威部，抗击隋军于江淮一带。十三年，占领永嘉（今浙江温州）。唐高祖武德六年（六二三）三月降唐。

〔一三〇〕迨：等到，达到。　倭奴：我国史书中对日本的古称。《后汉书·光武纪下》：『中元二年春正月……东夷倭奴国王遣使奉献。』《新唐书·东夷传》：『日本，古倭奴也。』　炽疆：疆，通『强』，强大，强盛。嚣张强悍。《南齐书·竟陵文宣王子良传》：『湘区奥密，蛮寇炽疆，如闻南师未能挫戮。』

〔一三一〕虔刘：劫掠，杀戮。《后汉书·西羌传赞》：『虔刘陇北。』　海壖：亦作『海堧』，海边地，亦泛指沿海地区。宋苏轼《真相院释迦舍利塔铭》：『流传至此谁使然，并包齐鲁穷海壖。』

〔一三二〕烈焰彤天：火焰映红了天空。《岐海琐谈·郑首虑闽人为倭奸细》：『次日，又有倭船百余从黄花江斩关而入，竟逼郡城，焚毁四厢民居，昼则烟焰涨天，夜则火光烛地。阖郡民人，靡不张皇褫魄。』　馘：古代战争中，割取敌人的左耳，用以计数报功。今经传中多从首，这里指被杀者的首级。《鲁颂》：『在泮献馘。』

〔一三三〕儿闻止哭：小儿听说倭寇来了吓得马上不敢啼哭。《岐海琐谈·倭寇犯温》：『或告惧者：「呼以倭来，彼即止矣。」试之果然。』 断肠：指断魂、销魂，使人荡气回肠，多用以形容悲伤到极点。唐李白《清平调》：
『一枝红艳露凝霜，云雨巫山枉断肠。』

〔一三四〕沛德：王沛和王德。王沛（一四八五—一五五八），抗倭英雄，字子大，号仁山，魁梧倜傥，使义疏财，医德高明，深得乡人爱戴，被誉为『益府名医』。嘉靖三十一年（一五五二），浙江沿海倭寇猖獗，大批倭寇从东南沿海，进行烧杀、劫掠，王沛为保卫海防，保卫人民财产安全，号召乡民奋起抵抗，并组织领导一千多人义兵队伍，在国家不拨银两的情况下，自制兵器、火炮、盔甲，成为浙南抗倭斗争的中坚力量，多次击退倭寇进犯，取得节节胜利，让倭寇闻风丧胆。王德（一五一七—一五五八），抗倭英雄，字汝修，号东华，王沛从侄。永嘉场二都英桥里（今龙湾区永昌堡）人。明嘉靖十七年（一五三八）进士，授东昌府（今属山东省）推官，有能声。 二妙：称自己推重的二人。唐元稹《酬乐天东南行诗一百韵》：『二妙驰轩陛，三英咏袴襦。』

〔一三五〕龈其奸猖：龈，同『啃』，意为一点一点地咬下来。奸猖：指奸邪凶狂的人。唐韩愈《曹成王碑》：
『文被明章，武荐畯功，苏枯弱彊，龈其奸猖，以报于宗，以昭于王。』

〔一三六〕锋镝：刀刃和箭头，泛指兵器。 沾渍：（血）沾污，弄脏。北周庾信《哀江南赋》：『沾渍锋镝，脂膏原野。』 甲胄：铠甲和头盔。 被创：受伤。晋干宝《搜神记》：『（边洪）又斫父婢二人，皆被创。』

〔一三七〕杲果：即王叔杲和王叔果。王叔杲（一五一七—一六〇〇），字阳德，号旸谷，永嘉场二都英桥里（今龙湾区永昌堡）人。嘉靖四十一年（一五六二）进士，授常州府靖江县知县。嘉靖四十四年（一五六五）内召为兵部车驾司主事、职方司员外郎、武选司郎中等官。隆庆四年（一五七〇），以部郎出守大名府。万历元年（一五七三），晋升湖广按察使司副使，整饬苏、松、常、镇兵备。有《三吴水利考》《玉介园存稿》。

王叔果（一五一六—一五八八），字育德，号西华，嘉靖二十九年（一五五〇）进士，历任兵部职方清吏司主事、员外郎、协司署郎中，湖广布政使司右参议，广东按察副使等职。编著有嘉靖《永嘉县志》。　双璧：喻指一对完美的人或物。　缔构：建造。《西京杂记》：『匠人丁缓、李菊，巧为天下第一，缔构既成，向其姊子樊延年说之，而外人稀知，莫能传者。』　永昌：即永昌堡，明城堡，俗称新城，建于明嘉靖三十七年（一五八八），位于温州市龙湾区永昌镇。明代温州沿海备受倭寇侵犯，永强抗倭首领王沛、王德叔侄牺牲。后王沛侄子王叔果、叔果兄弟发起修建永昌堡以抗倭。今残迹尚存。

〔一三八〕唇齿：指唇和齿的合称。语出《左传·值公五年》：『晋侯复假道于虞以伐虢。宫之奇谏曰：「虢，虞之表也；虢亡，虞必从之。晋不可启，寇不可玩，一之谓甚，其可再乎？谚所谓辅车相依、唇亡齿寒者，其虞、虢之谓也。」』　宁村：古称宁村所城或宁村寨城，位于龙湾区瓯江入海口最东端南岸的滨海街道，初建于明洪武二十年（一八三七）信国公汤和抗倭时期，曾是抗倭要塞宁村所城所在地，今毁。　犄角：分布兵力于不同处所，以便牵制或夹击敌人，互相支持和呼应。南朝梁江淹《北伐诏》：『某官某甲等，并率义勇之众，牙制犄角之机。』　永兴：即永兴堡，全称『中界山巡检司防堡』，清乾隆《温州府志》作永嘉堡，俗称下垟街老城，建于明嘉靖三十七年（一五五八）春，是一座由民间筹资修建的城堡，与永昌堡、宁村所城形成鼎足之势，彼此呼应，联合预防，形成坚强有力的抗倭堡垒。一九五一年，永兴堡惜被拆毁，其砌城石散落在民间，多用于筑路，原城址辟为屋址。

〔一三九〕宵征：夜袭，夜伐。

〔一四〇〕勇毅：勇敢坚毅。《荀子·修身》：『勇毅猛戾，则辅之以道顺。』　笃行：行为淳厚，纯正踏实。

《史记・樗里子甘茂列传》：『虽非笃行之君子，然亦战国之策士也。』戒慎：警惕谨慎。《礼记・中庸》：『是故君子戒慎乎其所不睹，恐惧乎其所不闻。』矜矜：戒惧貌，谨慎小心的样子。《后汉书・顺帝纪》：『矜矜祗畏，不知所裁。』

〔一四一〕戎狄是膺，东瀛是惩：语出《诗・鲁颂・閟宫》：『戎狄是膺，荆舒是惩。』戎狄：指西戎、北狄，这里借指倭寇。东瀛：日本，指倭寇。膺惩：讨伐、抗击的意思。

〔一四二〕阐肆威棱：阐，大开也。肆，习也。威棱：威力，威势。展示、发挥威风、威势的意思。南朝宋颜延之《赭白马赋》：『至于露滋月肃，霜戾秋登，王于兴言，阐肆威棱。』

〔一四三〕莫我敢承：倒装句，不敢抵抗我们。语出《诗・鲁颂・閟宫》：『戎狄是膺，荆舒是惩，则莫我敢承。』

〔一四四〕涣汗：犹流布。南朝梁简文帝《南郊颂》序：『莫不巍巍乎，穆穆乎，涣汗于绿篇，氛氲于丹册者矣。』后叶：犹后世。汉司马相如《上林赋》：『恐后叶靡丽，遂往而不返。』德懋：指在德行上勉力。语出《书・仲虺之诰》：『德懋懋官，功懋懋赏。』绳绳：众多貌，绵绵不绝貌。唐李邕《大唐赠歙州刺史叶公神道碑》：『绳绳焉，熙熙焉，孔德之容，罔可测已。』

〔一四五〕清初海禁：清初严行海禁，将沿海人民内迁的措施，目的是为了断绝东南沿海对郑成功等抗清力量的物质供应。据康熙《永嘉县志》卷一四《遗事》载：『清顺治十八年（一六六一），遣大人苏纳海登巡阅，尽徙沿海民于内地，毁堡、所、城垣、庐舍，弃置田亩基山池塘十万二千三百有奇。』卷二《乡隅》：『自一都以至五都，负山濒海，有鱼盐之利，地虽斥卤，而民勤耕作，且习工匠，顺治十八年，以沿海迁弃。』

〔一四六〕清野：作战时，暂时转移周围的人口、牲畜、财物、粮食，清除附近的房屋、树木等，使敌人无所获取。

五十里：时人永嘉场士绅王至彪记述了其目睹了永嘉场海禁内徙之惨状：『五十里余庐井稠，民风物望甲东瓯。罗山佳气钟台辅，蜃浦祥源毓素侯。子弟吴中推秀出，诸生鲁国尽名流。无端一炬灾诸族，目惨焦墟四望愁。』据此记录，参考其它历史资料分析，当时永嘉场内徙应为五十余里，而《温州日报》所载《千村万井灭人踪》一文推测，清廷当时颁布沿海迁界令，永嘉场乃以茅竹岭为限，内徙三十里。这里姑且存疑。　颓堕：颓败崩溃。清王晫《今世说·德行》：『遍询谢茂秦葬处，得之南门外二十里，见小冢颓堕荒草中，为赋诗吊之。』　祀：祭神的地方，也是中国商代对年的一种称呼。《书·洪范》：『惟十有三祀。』晋左思《吴都赋》：『所以经世，用累千祀。』这里是指龙湾祖先几千年所积累的物质和文化财富。

〔一四七〕殄寇：消灭敌寇。　雷椎：雷轰，雷击；也指雷公打雷的工具。喻精警有力的文辞。宋苏轼《太虚以黄楼赋见寄作诗为谢》：『夫子独何妙，雨雹散雷椎。』

〔一四八〕切峻：严厉，严峻。晋李密《陈情表》：『诏书切峻，责臣逋慢。』　如虎如貔、如熊如罴：比喻凶残而勇猛的官吏。语出《书·牧誓》：『如虎如貔，如熊如罴。』

〔一四九〕遅疑：遅，古同『迟』。犹豫，拿不定主意。《后汉书·董卓传论》：『然犹折意缙绅，遅疑陵夺，尚有盗窃之道焉。』　喑恶叱咤：喑恶，满怀怒气。叱咤，呵斥声。形容厉声怒喝，指风云人物威势很大。《史记·淮阴侯列传》：『项王叱咤，千人皆废，然不能任属贤将，此特匹夫之勇耳。』　逋慢：怠慢不敬，不遵法令。　捶拊：捶，敲打。拊，亦击也。反复敲打。　鞭笞：用鞭子或板子打。

〔一五〇〕顿踣：跌倒在地上，即顿仆。唐柳宗元《捕蛇者说》：『饥渴而顿踣。』　髦髫：指老幼。髦，通『耄』。元周伯琦《初秋重泛湖游西山》：『稼宝丰黄云，击壤喧髦髫。』　颠沛：困顿挫折。《论语·里仁》：『君子无终食之间违仁，造次必於是，颠沛必於是。』

〔一五一〕瑟瑟：寒凉貌。北魏郦道元《水经注·沔水上》：『气萧萧以瑟瑟，风飕飕而飗飗。』 辘辘：形容肚子饿时发出的声音，肚子饿得咕咕直响。

〔一五二〕煨烬：灰烬，燃烧后的残余物。晋左思《魏都赋》：『翼翼京室，眈眈帝宇。巢焚原燎，变为煨烬。』 践藉：践踏，摧残。《南齐书·高帝纪上》：『贼马自相践藉死。』 罔有孑遗：罔，无，没有。孑遗，遗留，残存。没有丝毫残存。汉陈琳《檄吴将校部曲文》：『然皆伏鈇婴钺，首腰分离，云散原燎，罔有孑遗。』

〔一五三〕榛荒：荒废，衰落。宋欧阳修《镇阳读书》：『却欲寻旧学，旧学已榛荒。』 牢落：犹寥落，稀疏零落貌，零落荒芜貌。汉司马相如《上林赋》：『牢落陆离，烂熳远迁。』李善注：『牢落陆离，群奔走也。牢落，犹辽落也。』 丘墟：废墟，荒地。《管子·八观》：『众散而不收，则国为丘墟。』 仓夷：指充满视野的全是创伤，比喻到处都是遭受破坏的景象。

〔一五四〕飘飘：形容动荡不安、不平静。《隋书·文学传》：『如何载笔士，翻作负戈人。飘飘如木偶，弃置同刍狗。』 睠睠：睠，同『眷』，眷恋。依恋反顾的样子。《诗·小雅·小明》：『念彼共人，睠睠怀顾。』 至彪：王至彪，永嘉二都英桥人。亲历永嘉场内迁惨景，故乡罗山美景熟记于心，思念激发才思灵感，写成《罗东八咏》。 风咏：讽诵吟咏。清宗稷辰《姚适庵怡柯草堂诗赋钞序》：『自来贤侯良辅，哲士端人，其由心德而发摅乎善政者，每见之于风咏。』 子容：张子容，清朝永兴堡人，写有《罗东十七景词》。 绘词：绘景以词。取《罗东十七景词序》：『……因摘吾生平所翱翔而注意者，约十有七景，各绘以词，词取鹧鸪天。』

〔一五五〕介介：形容有心事，不能忘怀。《后汉书·马援传》：『但畏长者家儿，或在左右，或与从事，殊难得调，介介独恶是耳。』李贤注：『介介犹耿耿也。』钟仪楚奏：钟仪，春秋时楚国乐官。钟仪奏楚国的音乐。比喻思念故国，怀念乡土。汉王粲《登楼赋》：『钟仪幽而楚奏兮，庄舄显而越吟。人情同于怀土兮，岂穷达而异心！』耿耿：心中挂怀，烦躁不安的样子。《楚辞·远游》：『夜耿耿而不寐兮，魂茕茕而至曙。』床前夜思：水井栏杆边静夜思故乡。唐李白《静夜思》：『床前明月光，疑是地上霜。举头望明月，低头思故乡。』

〔一五六〕东演：演，延也，言向东蔓延而拓展也。长汀：水边（或水中）长形的平地。南朝宋谢灵运《白石岩下径行田》：『千顷带远堤，万里泻长汀。』北行：水向北流。

〔一五七〕遐武：前人之足迹，往古之事迹。汉张衡《东京赋》：『轶五帝之长驱，踵二皇之遐武。』稀微：犹隐约。南宋文天祥《指南录·发高沙》：『城子河边委乱尸，河阴血肉更稀微。』

〔一五八〕杜鹃啼血：传说杜鹃昼夜悲鸣，啼至血出乃止。常用以形容哀痛之极。鲂鱼赪尾：《诗·周南·汝坟》：『鲂鱼赪尾，王室如毁。』毛传：『赪，赤也；鱼劳则尾赤。』朱熹《集传》：『鲂尾本白而今赤，则劳甚矣。』后因以形容人困苦劳累，或国家多乱。北周庾信《哀江南赋》：『既而鲂鱼赪尾，四郊多垒。』

〔一五九〕长城饮马窟：古乐府有《饮马长城窟行》。郭茂倩题解：『长城，秦所筑以备胡者，其下有泉窟，可以饮马。』后世文人常拟作，诗中大都描述边境寒冷荒凉、征戍之苦。因以『饮马窟』比喻边境地区或北方寒冷荒凉及战火频仍之场景。唐杜甫《北征》：『前登寒山重，屡得饮马窟。』远堤：绵延长远的海堤。南朝宋谢灵运《白石岩下径行田》：『千顷带远堤，万里泻长汀。』磷火：鬼火。人和动物的尸体腐烂分解出磷化氢，并自动燃烧，迷信者以为是幽灵之火，故称。汉王逸《九思·哀岁》：『神光兮颎颎，鬼火兮荧荧。』前蜀贯休《行路难》：『君不见烧金炼丹古帝王，鬼火荧荧白杨里。』

〔一六〇〕肝脑：指肝和脑，又借指身体或生命。汉司马相如《喻巴蜀檄》：『是以贤人君子，肝脑涂中原，膏液润野草而不辞也。』　原隰：广平与低湿之地，亦泛指原野。《书·禹贡》：『原隰厎绩，至于猪野。』珠泪：传说中鲛人的眼泪，这里指眼泪。晋张华《博物志》：『南海水有鲛人，水居如鱼，不废织绩，其眼能泣珠。』龙湫：上有悬瀑下有深潭谓之龙湫。《隋书·礼仪志》：『鹿角生于杨树，龙湫出于荆谷。』

〔一六一〕脂膏：油脂，血汗。　洎：浸润

〔一六二〕菑亩：初耕的田地。《诗·小雅·采芑》：『薄言采芑，于彼新田，于此菑亩。』　渐：浸。　四愁：『四愁诗』的省称，泛指愁思。张衡目睹东汉朝政日坏，天下凋敝，而自己虽有济世之志，希望能以其才德报效君主，却又忧惧群小用谗，因而郁郁，遂作《四愁诗》以泻情怀。唐王维《送丘为往唐州》：『四愁连汉水，百口寄随人。』唐孟郊《百忧》：『智士日千虑，愚夫惟四愁。』

〔一六三〕劬、劳：劳苦，劳累。《诗·蓼莪》：『蓼蓼者莪，匪莪伊蒿。哀哀父母，生我劬劳。』　允、臧：允，诚信，真诚。臧：善，美。《诗·鄘风·定之方中》：『降观于桑，卜云其吉，终然允臧。』　载、既：语助词，又。

〔一六四〕若夫：句首语气词，用在句首或段落的开始，表示另提一事，可以翻译为『至于』，并无实际意思。瓯窭：亦作『瓯楼』，狭小的高地。《史记·滑稽列传》：『见道傍有禳田者，操一豚蹄，酒一盂，祝曰：「瓯窭满篝，污邪满车。」』　我疆我理，东南其畮：语本《诗·小雅·信南山》：『我疆我理，南东其亩。』疆，田界，此处用作动词，划田界。理，田中的沟陇，此处亦用作动词。疆指划定大的田界，理则细分其地亩。东南：用作动词，指将田陇开辟成南北向或东西向。意思是划分地界又开掘沟渠，田陇纵横向四方伸展。

〔一六五〕禹甸：本谓禹所垦辟之地，后因称中国之地为禹甸，这里指人工开辟的土地。《诗·小雅·信南山》：『信彼南山，维禹甸之。畇畇原隰，曾孙田之。』　畇畇：垦辟貌。唐柳宗元《道州文宣王庙碑》：『畇畇其原，既夷且大。』　黍稷：黍和稷，为古代主要农作物，亦泛指五谷。《诗·王风·黍离》：『彼黍离离，彼稷之苗。』油油：形容浓密而饱满润泽。唐卢纶《送从叔牧永州》：『郡斋无事好闲眠，秔稻油油绿满川。』

〔一六六〕深耕：在栽种种子的时候，需要深深的挖土、耕地，以使种子能深卧在土壤里，有更充足的养分。细作：种庄稼要精心培育，细致地对待他们。　广种博收：种植的面积很大，收获多。

〔一六七〕山罗水罟：指山里水里设网，意思是捕鱼打猎。　相酬：报答，酬谢。清管同《黄蛟门传》：『人或招饮食，必坚拒逃匿，须要觅牵持，不得已而后至。经数日辄相酬，其丰腆恒加倍。』

〔一六八〕天帱地载：《左传·襄公二十九年》：『如天之无不帱也，如地之无不载也。』帱，覆，盖。载，承受。后因以『帱载』指天地之德，范围极广大，恩泽极深厚。　与共：与，表示赐予别人东西；共，供也。　荐羞：指进献美味的食品。《周礼·天官·庖人》：『凡其死生鱻薨之物，以共王之膳，与其荐羞之物，及后世子之膳羞。』郑玄注：『荐亦进也，备品物曰荐，致滋味乃为羞。』

〔一六九〕污邪：地势低下的田。《史记·滑稽列传》：『瓯窭满篝，污邪满车。』司马贞《索隐》引司马彪曰：『污邪，下地田。』宋范成大《雨后田舍书事》：『向来矜寡犹遗秉，此去污邪又满车。』　淖：烂泥，泥沼。　卤：制盐时剩下的黑色汁液，味苦有毒，亦称『盐卤』『苦汁』。　黏、稠：指泥浆浓度高，有黏性，不易流动。

〔一七〇〕斤斤：广大貌。晋左思《魏都赋》：『原隰畇畇，坟衍斤斤。』李善注：『斤斤，广大之貌也。』

垦畦：开垦的盐池。经过盐工的反复实践与完善，到唐代的时候逐步形成了制盐『垦畦浇晒法』。据光绪《永嘉县志》记载：『沙城即滨海长堤，南起一都长沙，北至沙村寨，以丈计之，至四千六百十九丈。』为灶户煎盐的地方。　褶皱：衣服折叠而形成的印痕，指皱纹。这里意思是指盐池田埂纵横密集。

〔一七一〕泥涂花白：比喻白盐像白花一样遍开在泥滩上。　晒滩：晒盐坦。　霜愁：指愁白了头。宋陈著《山居避难六首》：『终期风日美，不见雪霜愁。此意因相谂，聊宽无益忧。』这里借喻为白盐。

〔一七二〕灶台：盐民聚居设灶煮盐的地方。明王叔果在《英桥王氏族谱》中写道：『邑之里一至五都，居氓鳞比为灶，而办盐业丁数独位于他场……沙坦延袤数百里。』　九甲：永嘉场自古煮海为盐，至宋神宗熙宁五年（一〇七二）时，对盐民实行亭户管理，三灶至十灶为一甲，永嘉盐场遂由南自北，沿海岸线分设一至九甲，形成『下横路』聚居带。　珠琲：珠串。多形容形似珠串的水珠等。晋左思《吴都赋》：『金镒磊砢，珠琲阑干。』刘逵注：『琲，贯也。珠十贯为一琲。』　相樛：亦作『相摎』『相缪』，相互缠结，纠缠在一起。唐杜甫《乾元中寓居同谷县作歌》：『南有龙兮在山湫，古木巃嵸枝相樛。』唐韩愈《别知赋》：『山磝磝其相轧，树蓊蓊其相樛。』宋苏轼《却鼠刀铭》：『文如连环，上下相樛。』宋朱熹《下山》：『绿树枝相樛，白涧石齿齿。』

〔一七三〕接踵：接触到前面人的足跟。意谓相继、相从、连续不断或紧接着。《战国策·秦策四》：『韩魏父子兄弟接踵而死于秦者百世矣。』宋王安石《和微之登高斋》：『魏王兵马接踵出，旗纛千里相搪挨。』　越岭：这里指翻越茅竹岭。茅竹岭，因种植茅竹而得名，位于龙湾区瑶溪街道白楼下村，岭不高，是大罗山的余脉，却像一条腾跃的苍龙，一直延伸到瓯江，把永强与郡城隔绝分开。明王瓒《茅竹岭西庄》：『乘闲聊赴野云期，水荇牵风荡浆起。求友黄鹂声缓转，伺鱼白鹭步轻移。江清似此谁同渡，山好吾今更有诗。茅竹岭西千树竹，繁阴如盖坐多时。』　鹾：盐的别名。　连舳：形容船只连延不绝。语出晋左思《吴都赋》：『弘舸连舳，巨槛接舻。』《梁书·元帝纪》：『江湘委输，方船连舳。』

〔一七四〕东南十监：据《唐书·食货志》载：『就山海井灶近利之地置盐监院。』『肃宗乾元元年（七五八）变盐法……刘宴上盐法……置永嘉等十监。』　利占鳌头：利，利税。鳌头：谓科举时代称中状元，据说皇宫殿前石阶上刻有巨鳌，只有状元及第才可以踏上迎榜，后来比喻占首位或第一名。据记载盐税占宋、明两朝财政总收入的一半以上，南宋末期，盐税甚至于占到财政总收入的百分之八十以上，盐税实实在在地支撑着两个王朝。

〔一七五〕庙堂：朝廷，借指以君主为首的中央政府。明陈汝元《金莲记·构衅》：『百姓嗷嗷苦横征，庙堂谁复问苍生。』明孙承宗《答袁节寰（袁可立）开府》：『庙堂以此鹘突了事，真可浩叹。』　刓印：语出《史记·郦生陆贾列传》：『（项羽）为人刻印，刓而不能授。』谓项羽摩挲侯印，不忍授人。后因以『刓印』喻吝于爵赏。诸侯：喻指掌握军政大权的地方长官。三国蜀诸葛亮《前出师表》：『臣本布衣，躬耕于南阳，苟全性命于乱世，不求闻达于诸侯。』　费留：为惜费，不及时论功行赏。《孙子·火攻》：『夫战胜攻取，而不修其功者，凶，命曰费留。』曹操注：『若水之留不复还也。或曰，赏不以时，但费留也，赏善不逾日也。』晋左思《魏都赋》：『朝无刓印，国无费留。』

〔一七六〕爨烟：炊烟。唐李商隐《行次西郊作一百韵》：『山东望河北，爨烟犹相联。』明唐顺之《救荒[illegible]记》：『民之栖于堤者，爨烟饭飶，列舍相接，翕然如处村落之间。』这里指灶台煮盐之火烟。　得宝歌：

在唐玄宗时期，于广运潭这个南方租赋漕运总码头落成典礼上，一百多人齐声向唐玄宗高唱：『得宝弘农野，弘农得宝耶！潭里船车闹，扬州铜器多。三郎当殿坐，看唱《得宝歌》。』据说，《得宝歌》的曲子由唐玄宗亲自谱写，后来成为唐朝的一个曲牌名。这里是歌功颂德的意思。

〔一七七〕清尘：车后扬起的尘埃，亦用作对尊贵者的敬称。汉司马相如《上书谏猎》：『犯属车之清尘。』颜师古注：『尘，谓行而起尘也。言清者，尊贵之意也。』三国魏繁钦《定情》：『我出东门游，邂逅承清尘。』海曲：海隅，海湾。晋·陆机《齐讴行》：『营丘负海曲，沃野爽且平。』唐王勃《滕王阁序》：『屈贾谊于长沙，非无圣主；窜梁鸿于海曲，岂乏明时？』《资治通鉴·隋文帝开皇十年》：『知慧逃入海，素蹑之至海曲。』紫马：据明姜准《岐海琐谈》记载，谢灵运做永嘉太守时，常骑紫马出行，所以后人称太守叫作紫马。唐杜甫《山寺》：『使君骑紫马，捧拥从西来。』 逸：放任，不受拘束。 东瓯：即东瓯国。是越王无疆次子蹄所建立的国家，又名东越国。瓯王宰辛次子瓯仲余被越王勾践于周元王四年（公元前四七三）封瓯王，赐公爵，领瓯地，食采瓯山（温州市苍南县），居于越都平阳。东瓯王的封地，大致包含现今中国浙江省的温州市、台州市、丽水市一带。古都位于温州市区西郊的瓯浦垟，相传为范蠡所筑，早毁。东瓯现在仍是浙江省温州市的古称。

〔一七八〕令闻：美好的名声。有美好的名声和品德，使人仰慕效仿。《诗·大雅·卷阿》：『颙颙印印，如圭如璋，令闻令望。岂弟君子，四方为纲。』 遐迩：亦作『遐尔』，远近。《汉书·韦玄成传》：『天子穆穆，是宗是师。四方遐迩，观国之辉。』 与属：依附；依托。《诗·小雅·角弓》：『君子有徽猷，小人与属。』郑玄笺：『君子有美道以得声誉，则小人亦乐与之而自连属焉。』 解池：地名，以产盐著名。世界上有两个内陆咸水湖，一个是以色列的死海，而另一个就是山西省运城的盐湖。运城盐湖，又名『解池』

「河东盐池」，以生产「潞盐」为主。历史传说中的「后稷稼穑」「嫘祖养蚕」「舜耕历山」「禹凿龙门」「伯乐相马」等故事均发生在这里。徽猷：美善之道。猷，道也；指修养、本事等。《梁书·文学传》：「故得仰慕徽猷，永言前哲。」解池有「伯乐相马」「舜鼓南风」「黄帝战蚩尤」等历史文化传说，有非常深厚的传统文化积淀。

〔一七九〕义利并举：「永嘉学派」倡导「事功之学」，讲究实效，主张「义利并举，以利和义」，叶适是永嘉学派的集大成者，他认为「古人以利和义，不以义抑利」。化：习俗，风气，教化。礼乐：形式内容包括礼仪和音乐。古代帝王常用兴礼乐为手段，以求达到尊卑有序、远近和合的统治目的。《礼记·乐记》：「乐也者，情之不可变者也；礼也者，理之不可易者也。乐统同，礼辨异。礼乐之说，管乎人情矣。」孔颖达疏：「乐主和同，则远近皆合；礼主恭敬，则贵贱有序。」高诱注：「礼所以经国家，定社稷，利人民；乐所以移风易俗，荡人之邪，存人之正性。」率由：遵循，沿用。南朝梁沈约《上建阙表》：「欣咨故实，率由令典。」唐元稹《献事表》：「绍复前累圣传序，于今垂二百年矣。莫不率由斯道，致俗和平。」马一浮《泰和会语·论六艺该摄一切学术》：「不知《礼》《乐》本自粲然，不可须臾离，由于不肯率由，遂至无序不和。」

〔一八〇〕手艺：即是用手工从事的艺术或技艺，工匠们靠着常年熟练的功夫，制作出各式各样的艺术品、器物、和装饰品。百工：各种工匠。《墨子·节用中》：「凡天下群百工，轮、车、鞼、匏、陶、冶、梓、匠，使各从事其所能。」《汉书·东方朔传》：「异类之物，不可胜原，此百工所取给，万民所卬足也。」南朝宋谢瞻《九日从宋公戏马台集送孔令》：「风至授寒服，霜降休百工。」锄筭网罟：锄，弄松土地及除草的工具，借指农业。筭，同「算」，长六寸，计历数者，借指经商。网，用绳、线等结成的捕鱼捉鸟的器具，借指捕鱼打猎。罘，捕兔网，借指狩猎。

〔一八一〕醇醲：风气淳朴敦厚。晋左思《魏都赋》：『不鬻邪而豫贾，着驯风之醇醲。』《旧唐书·儒学传序》：『高宗嗣位，政教渐衰，薄于儒术，尤重文吏。于是醇醲日去，华竞日彰，犹火销膏而莫之觉。』 碌碌：忙碌，有许多事要做。《红楼梦》：『从前碌碌却因何？到如今，回头试想真无趣。』 南风：古代乐曲名，相传为虞舜所作。《礼记·乐记》：『昔者舜作五弦之琴，以歌《南风》。』《孔子家语·辨乐解》：『昔者舜弹五弦之琴，造《南风》之诗。其诗曰：「南风之熏兮，可以解吾民之愠兮；南风之时兮，可以阜吾民之财兮。」』也指《诗经》的《国风》，借指古代淳朴的诗风。 优优：和乐的样子。《诗·商颂·长发》：『敷政优优，百禄是遒。』

〔一八二〕邹鲁：邹国、鲁国的并称。《庄子·天地》：『其在《诗》《书》《礼》《乐》者，邹鲁之士，缙绅先生，多能明之。』邹，孟子故里；鲁，孔子故乡。后因以『邹鲁』指文化昌盛之地、礼仪之邦。 怵迫：诱迫。语出《管子·心术上》：『不怵乎好，不迫乎恶。』汉贾谊《鹏鸟赋》：『怵迫之徒兮，或趋西东。大人不曲兮，亿变齐同。』李善注引孟康曰：『怵，为利所诱怵也。迫，迫贫贱，东西趋利也。』 仇繇：亦作『仇由』，春秋时国名，故地在今山西盂县东北。晋国东北方有中山国，又有仇由国，在晋与中山之间。仇由和中山都是所谓夷狄，故智伯要剪灭他们，以便开疆辟土。依地理形势，仇由成为首攻目标。但那里地处太行山脉，仇由国在山中，而山路崎岖多险阻。于是，智伯就命人铸造了一座青铜大钟，假意送给仇由国君。钟在古代是非常重要的礼乐之器，凭空得到这样一件大礼，仇由国君当然非常高兴。只是这座大钟大到要把两辆大车并排才能装载起运，没有大道就运送不到。仇由国君不知智伯包藏祸心，当即命人凿山填沟，铺路架桥，要现修一条大道来迎纳大钟。仇由国的一个大夫叫赤章蔓枝的，就劝谏国君说：『此举万万不可。《诗经》说，「唯则定国」。我国能有什么模范行为，竟得智伯如此相重呢？智伯的为人，既贪婪，又不讲信用。况且送大礼这件事，都是小国讨好大国才会做的，现在却颠倒过来了，这定是智伯要攻打我国却苦于无大道可通，所以想用这座大钟来赚我们修路，大钟来时，晋兵必尾随在后。大钟万不可收纳。』仇由国君不信，不听，仍下令『斩岸堙溪以迎钟』。赤章蔓枝又谏，国君答复说：『大国与我结欢，若不顺从，可不是什么好兆头啊。您还是不要再提意见了。』赤章蔓枝叹息道：『为人臣的，对国君不忠贞，那是有罪当死的，然而忠贞不被用，就只好抽身而去，躲开祸事了。』当日就套马驾车，并把车毂截短（长毂车稳，短毂车快），赶紧出走去了相邻的卫国，再由卫入齐。果然，在赤章蔓枝到达卫国的第七天，仇由亡国的消息就传过来了。这也是成语『斩岸堙溪』的来历。仇由国被灭后，其国人痛定思痛，将亡国之名『仇由』定为姓氏，世代相传。后有人分别省文简化为仇氏、由氏。

〔一八三〕三才：指天、地、人，或天道、地道、人道。《易经·系辞下》：『易之为书也，广大悉备，有天道焉，有人道焉，有地道焉。』对农业生产中天、地、人关系的明确表述，则始见于《吕氏春秋》的《审时》篇：『夫稼，为之者人也，生之者地也，养之者天也。』其主要内涵就是农业生产必须根据天时、地利的变化和农业生物生长发育的规律，采取相应的措施。『合天时、地脉、物性之宜，而无所差失，则事半而功倍。』『三才』理论运用，在中国农业生产中，为精耕细作的优良传统奠定了理论基础，对农业生产的发展产生了巨大的影响和作用。　六艺：指六经，《易》《书》《诗》《礼》《乐》《春秋》，也指礼、乐、射、御、书、数等六种技艺。　荣荂：荂，华也。草木开花，比喻兴盛或显达。

〔一八四〕钟海山之毓秀：钟，凝聚，集中。毓，产生，孕育。意为聚合山海之灵气，孕育出优秀人才。指山川秀美，人才辈出。　阗：充满，填塞。《史记·汲郑列传》：『宾客阗门。』　寅亮：本作『夤亮』，恭敬信奉，这里指翼亮肱股社稷之才和德。汉班固《封燕然山铭》：『寅亮圣皇，登翼王室。』宋王安石《批答宰臣曾公亮已下贺寿星见》：『卿等寅亮帝工，阜成邦采，摛文告庆，归福朕躬。』

〔一八五〕相国：陈宜中（约一二三〇—？），字与权，浙江省温州市龙湾区人，是南宋末年的宰相。　蓬户：用蓬草编成的门户，指穷人居住的陋室。《庄子·让王》：『原宪居鲁，环堵之室，茨以生草，蓬户不完。』唐戴叔伦《新秋夜寄江右友人》：『遥夜独不寐，寂寥蓬户中。』　谶：迷信的人指将要应验的预言、预兆。海坛之涨砂：北宋咸淳年间温州有一首童谣：『海坦砂涨，温州出相。』据称南宋德祐年间，海坛砂始涨，陈宜中果拜相，辅佐益广二王抗金。清戴文俊《瓯江竹枝词》：『大观亭俯万人家，曲曲江流抱郭斜。三百年来三宰相，何时重涨海坛砂。』

〔一八六〕挽狂澜于既倒：出自唐韩愈《进学解》：『障百川而东之，回狂澜于既倒。』比喻尽力挽回危险的局势并且扭转乾坤、反败为胜。　阎马：『阎马丁当』的简称。南宋理宗时，有人在朝门上大书八字：『阎马丁当，国势将亡。』指的是阎贵妃、马天骥、丁大全、董宋臣四人弄权乱政误国。　沉渣：沉淀物，包含在溶液中的或从其中沉淀的沉积物，引申为『流毒』。

〔一八七〕大事去矣：形容事情无法挽回了，多指政权丧失、国家灭亡等大事。语出汉荀悦《汉纪·高祖纪》：『诚用此计，大事去矣。』北周庾信《哀江南赋》：『大事去矣，人之云亡。』

〔一八八〕宋末三杰：南宋虽然覆没，但输得十分悲壮，非常有节烈之气，勇士们面对外族入侵和压迫，拼死抵抗，为争取民族生存、自尊、自卫而英勇献身，义无反顾。于是，他们中的领袖张世杰、陆秀夫与文天祥，被称为『宋末三杰』。　爪牙：指羽翼，辅佐的人。《后汉书·窦宪传》：『宪既平匈奴，威名大盛，以任尚等为爪牙。』唐中宗《赐成王千里衣物敕》：『既曰爪牙，实称心腹。』

〔一八九〕青奥：今温州龙湾区永中街道青山村。据《青山陈氏宗谱》载：『青奥即今之青山也，青山为与权公（陈宜中字与权）旧游地，其后守益公迁居青山，亦继与权公之志也。』《宋史纪事本末》记载，南宋末年温州人、右丞相陈宜中于德祐二年（一二七六）海航遁归温州清澳。《宋史·兵志》记载，南宋建炎之后设立寨兵，温州有十三寨，其中有寨名为『清澳』，又作『青奥』。

〔一九〇〕子昂：赵孟頫（一二五四—一三二二），字子昂，号松雪道人，又号水精宫道人、鸥波，浙江吴兴（今浙江湖州）人。元初著名书法家、画家、诗人。　碑圮：据《岐海琐谈》：『西山虎跑寺有《陈氏世德碑》，赵文敏笔也。湖石穹隆，载以龟趺，居民不奈官府敲刷，下端铲坏十多余字，且屹立荒墟，雨呖淋炙，日渐损泐，惜哉！』（注：西山虎跑寺，今之包公殿也）。　占城：南宋灭亡之时，陈宜中曾去占城（今越南境内），过吴川极浦亭，曾赋诗明志：『颠风吹雨过吴川，极浦亭前望远天。有路可通环屿外，无山堪并首阳巅。溪云起处潮初长，夜月高时人未眠。异日北归须记取，平芜尽处一峰圆。』希望可以向占城借兵抗元。后来元朝占领占城，陈宜中败走至暹国（暹罗），不知所终。　烟霞：烟雾和云霞，也指『山水胜景』，引申为红尘俗世。南朝梁萧统《锦带书十二月启·夹钟二月》：『敬想足下，优游泉石，放旷烟霞。』

〔一九一〕六尺巷：六尺巷位于安徽桐城。据史料记载：清康熙年间，张文端公居宅旁有隙地，与吴氏邻，吴氏越用之。家人驰书于都，公批诗于后寄归，云：『一纸书来只为墙，让他三尺又何妨。长城万里今犹在，不见当年秦始皇。』家人得书，遂撤让三尺，吴氏感其义，亦退让三尺，故六尺巷遂以为名焉。这里指有『退让』之仁。　苞：通『包』，包裹，怀抱。晋左思《魏都赋》：『闲出长者，巷苞诸公。』　百忍家：《新唐书·孝友传序》载：『张公艺，九世同居……高宗有事太山，临幸其居，问本末，书「忍」字百余以对，天子为流涕，赐缣帛而去。』张公艺，字千禄，是张氏第一百一十一世祖。公艺为人急公好义，乐于助人，修身养性，胸襟坦荡，待人处世，宽宏大量，深知小不忍则乱大谋的哲理。因而告谕后裔当忍则忍，忍者有益。父子不忍失慈孝，兄弟不忍失爱敬，朋友不忍失义气，夫妻不忍多争竞，能忍贫亦富，能忍寿亦永，古来创业人，谁个不知忍，不忍百祸皆云涌，一忍百祸皆灰烬。正因如此，此公身体康健，儿孙满堂，而且兴旺和睦，可谓为多福之人。此事被当时的皇帝唐高宗知道了，便亲自移驾到他家询问如何能做到九代同堂，张公艺于是在纸上书写了一百个『忍』字送给高宗，百忍图由此而来。

〔一九二〕南仙：即南仙河，今温州『三垟湿地』。　龙爇草：爇，烧也。明永嘉姜准《岐海琐谈》：『王文定瓒少贱，曾［曹］偶等辈贩鹾为业。值夜寒，泊舟于南仙应氏船傍。岸积稻秸，王取之爇燎以暖其体，积因而倾。主人遂梦所积稻秸，为龙所坏。蚤往验之，果如所梦。而贩鹾之舟停泊犹在，即诘积秸为谁所倾，莫敢承应。固诘再三，始知为二都水潭王氏子。』　芙蓉五月花：王瓒（1462—1524），明永嘉李浦村（今永中殿前村）人。少时，假寓开元寺东斋（今温州公园路东南大厦址），专心攻读，以应秋闱。斋外花坦中央，有木芙蓉魁梧，瓒以为友，堪谓园丁。金秋，西风凛冽，芙蓉甚繁，五彩缤纷，烂若绮霞，馨香远播。弘治八年（一四九五）五月初，芙蓉本秋始花，却超然夏开，满目缤纷，欲与碧桃媲美，府城乃大惊也，以为瑞兆。岁秋，瓒乡试杭城，乃得解元。翌年春殿试，王瓒果中一甲榜眼，授翰林院编修，后擢升两京国子祭酒，官至礼部侍郎，功成名就。自此，『芙蓉五月花先』借此扬名，王瓒读书处后亦谓之『芙蓉书院』。

〔一九三〕阶：由来。　赵建大：字嗣勋，永嘉县膺符乡六都新建街（今龙湾区状元镇）人。南宋嘉定四年（一二一一）状元及第。嘉定七年（一二一四）任秘书省正字，八年（一二一五）为校书郎，九年（一二一六）九月任著作郎，十一月知嘉兴府。十三年（一二二〇）以都官郎兼国史院编修。官至工部尚书，工诗。据清光绪《永嘉县志》载：『状元桥，南宋嘉定间状元赵建大所建。』龙湾有状元桥，里人为纪念赵建大而名。地因桥名，沿袭至今。　埠留铁帽娃：埠，渡口。明姜准《岐海琐谈》：『六都新建有济渡处，水广且深，每遭覆舟之患。里人赵建大微时，夜尝经此，听水次有偶语者：「诘朝有铁帽人应来代替，奈为状元所阻何？」次日，赵候渡浒，见舟满载，棹将发矣。适雨，果有人顶锅代笠，赵止之渡，舟竟沉，其人幸免。』

〔一九四〕镬破往欲反：反，通『返』，返回，回归。明姜准《岐海琐谈》：『项迁之乔，初载肄业于鸡鸣斋，正德乙卯（一五一九）束装赴省告考遗才。启行际，釜随碎地，怪不利，忧形于色。一斋仆前曰：「镬破者，出学之兆，高中之征也。」项终不释然。及至江浒解缆行矣，项苦辞归，索己行箧，且深入舱底，发不便。同行林金川让之曰：「不返于先期，而返于滨往，其如耽搁众友何？」推之入舟，遽令艄子解缆而行。即以是科荐浙省乡书，后成乙丑（一五二九）进士。』　品学璧无瑕：品学双优。项乔（一四九三—一五五二），字子迁，号瓯东，永嘉七甲（今温州市龙湾区沙城镇）人。后迁居城内九曲巷，又自号九曲山人。项乔为人浑朴明断，料事正确，心地坦荡。他认为圣人是可以学到的，见好事只恐自己做得太少，做官廉洁爱民，所以到处都有好政绩。项乔好学，平常没有一天不读书。所至胸中略有悟处，必记之，虽夜必兴。著有《瓯东私录》。南海王衷称赞他『邃于学，练于才，精于识，而贯于理』。

〔一九五〕姜字：姜立纲（一四四四—一四九九），字廷宪，号东溪，瑞安德政乡东溪村（今温州市龙湾区海城）人，人称姜太仆。他是我国明朝一位书法家，曾以『善书』闻名海内，并远播日本，被誉为『一代书宗』。工书者，往往『习姜太仆立纲体』，『天下称善书曰姜字』。　法天地：语出章方松《书意心极，神识悟化》：『东溪先生写字，遵从中国人文理念出发，敏悟深察汉字之深厚人文涵义。祖先造字，从「仰观宇宙」而「俯察品类」，深悟人类与自然关联之奥秘，字字皆蕴含「宇宙」与「品类」之人文意味。东溪先生妙得其之精义，写字以字义为载道，严密法度间蕴含汉字人文精神。东溪先生云：「天覆，宇宙宫官；天覆者，上宜清而下宜浊，欲其覆盖乎下。」「地载，直岂至盃；地载者，上宜轻而下宜重，欲其下载中起乎上。」』　正心：出自陈佐《姜立纲生平及其书法艺术》：『在学书中姜立纲重视人品与书品的统一，坚持心正则笔正、笔正乃可法的思想。他认为学习书法要从做人开始，做人要从正心开始，认为「未有心不正而能工书者。」』　摛：舒展，散布。

清华：清秀华美，清雅美丽，清秀美韶。

〔一九六〕介轩集：张振夔（一七九八—一八六六），字庆安，号磬庵，永嘉场下垟街（今温州市龙湾区永兴街道祠南村）人。清嘉庆二十三年（一八一八）举人。二十八岁时不愿当知县而选择当常山县训导，先后三次任镇海县学教谕。精通经史，善古文辞，又懂军事、水利、律历、医药。任职镇海期间，鸦片战争爆发，积极参加当地的抗英斗争，上书提出《战守策》，兼管镇海战事后勤『监发军仓』，林则徐来浙时，面呈《战舰图》，表现了崇高的爱国主义精神。著有《介轩集》二〇卷。　大成：指学问有大的成就。《礼记·学记》：『九年知类通达，强立而不反，谓之大成。』　道迩：亲近大道。孟子曰：『道在迩而求诸远，事在易而求诸难；人人亲其亲，长其长，而天下平。』《左传·昭公十八年》：『子产曰：「天道远，人道迩，非所及也，何以知之？」』 心遐：广阔的胸襟，长远的眼光。晋左思《魏都赋》：『闲居隘巷，室迩心遐。』

〔一九七〕任侠：指能见义勇为的人。《史记·游侠列传》：『郭解，轵人也，字翁伯，善相人者许负外孙也。解父以任侠，孝文时诛死。』 寿张儿：典出项有仁《平民英雄项寿春传奇生涯》。项寿春（一八〇九—约一九五九），永嘉场七甲人。绰号寿张儿，张儿，即麻雀，可能因为他身轻如燕的缘故所致。项寿春出身于农民家庭，以贩盐度日。他少年酷爱武术，苦练武功，练成一身好武艺。民国年间，项贩盐到青田大岭后，得知有个武艺高强的和尚，在当地以武力欺人，勒索百姓，横行乡里。村里民众又怕又恨，当地有好些青年自发夜间习武，欲除恶僧。一天晚上，项寿春进入武场观看，遭到习武青年责备并令他退出。项寿春退出时，步出天井并在石板试点功夫。天亮后，习武青年发现石板皆断，便认为该贩盐客人（项寿春）是个英雄，当即求见并请求赐教除恶大计。次日，恶僧又来敲诈骚扰，当场被项寿春喝止。恶僧感到此盐贩如此胆大，遂约比武。两人在武场上比赛武功，村民在旁助威。几个回合后，项寿春施出绝招，一腿将恶僧踢飞，恶僧落地而亡。项寿春为民除了一恶。后来，青田大岭后百姓为项寿春塑像并立碑于当地土地庙内，作为纪念。 博浪沙：《史记·留侯世家》记载，张良的祖先是韩国丞相，秦灭韩以后，张良为了替韩报仇，曾经东往淮阳（今河南省淮阳县）游学，从隐士仓海君那里聘请到一个大力士充当刺客。公元前二一八年，秦始皇东游到阳武（今河南省原阳县），张良和大力士埋伏在博浪沙（今原阳县东南），袭击秦始皇。这里以『博浪沙』借指胆气豪迈的张良。唐李白《经下邳圯桥怀张子房》：『沧海得壮士，椎秦博浪沙。』

〔一九八〕卧龙：这里指明嘉靖首辅张璁。张璁少怀大志，十三岁时即以『龙未蟠、豹未斑，潜于水、隐于山』自喻，以诸葛亮『卧龙』自比，于《题族兄便面》诗云：『有个卧龙人，平生尚高洁。』张璁诗《三叠岩》：

诗成泣鬼神：出自唐杜甫的《寄李太白二十韵》：『昔年有狂客，号称谪仙人。笔落惊风雨，诗成泣鬼神。』张璁自幼胸襟远大，有振济天下之志，诗如其人，惊心动魄。如《咏蛙》：『独坐池塘如虎踞，绿荫树下养精神。春来我不先开口，哪个虫儿敢作声？』『刚槌莫相欺，厉禁风经过。请看半山人，正在隆中卧。』

〔一九九〕摇扇生清风，敢济天下民：语出张璁《题族兄便面》：『有个卧龙人，平生尚高洁。手持白羽扇，濯濯光如雪。动时生清风，静时悬明月。清风明月只在动静间，肯使天下苍生苦炎热。』

〔二〇〇〕比瀑落天外，坻隤般万钧：语出张璁《板障潭》：『绝壁抱深清，波流长弥弥。足以纳千涧，一决乾坤洗。』又张璁《仙岩洞》：『水落正石出，穿岩入其空。绝壁合欲倾，观天如望孔。飞流泻中潭，山根似浮动。』坻隤：亦作『坻颓』，山崩，山崩之声。汉扬雄《解嘲》：『功若泰山，响若坻隤。』般：雷声，震动。万钧：钧，古代重量单位之一，三十斤为一钧。形容分量重或力量大。汉贾山《至言》：『万钧之所压，无不糜灭者。』这里的意思是，张璁一旦走出大山，离开温州，必将干出声势浩大、雄壮激烈的盛大事业。

〔二〇一〕桓谭：桓谭（约前二三—约五六），东汉哲学家、经学家、琴师、天文学家，字君山，沛国相（今淮北市）人。十七岁入朝，七十九岁卒于任上，历事西汉、王莽（新）、东汉三朝，官至议郎、给事中、郡丞。爱好音律，善鼓琴，博学多通，遍习五经，喜非毁俗儒。著有《新论》二十九篇。谶非经：汉武帝以后独尊儒术，崇尚经学。谶语附会儒学，与经义挂钩，以迎合时尚，宣传天可以谴告人的迷信思想。西汉末年，王莽之乱，社会动荡，危机重重，此后谶、纬合流，著书立说，编造预言风行一时。《后汉书·桓谭传》记载，桓谭曾上书言谶纬妖妄，又在光武帝接见他时『极言谶之非经』，引得光武帝大怒，说他『非圣无法』，差点『将下斩之』。　大礼：指『大礼议之争』。明世宗朱厚熜十五岁时，以藩王身份继皇帝位，为了追封自己的生父兴献王为皇考，掀起一场政治风暴，史称『大礼议之争』。当时首辅杨廷和等认为，继统同时要继嗣，应尊孝宗为皇考，生父只能为皇叔考。而张璁等从『人伦』等角度出发，上书论『继统』不同于『继嗣』，应尊兴献王为帝。双方争论激烈，嘉靖三年四月，追尊世宗父母。朝臣二百余人跪于左顺门前力争，激怒世宗，下狱者一百三十四人，廷杖而死者十六人。结果杨廷和罢官，张璁等获胜。　人伦：指封建社会中人与人礼教所规定的君臣、父子、夫妇、兄弟、朋友及各种尊卑长幼关系。见《管子·八观》：『背人伦而禽兽行，十年而灭。』

〔二〇二〕革故鼎新：张璁在近戚或宦官专权、田亩制度、科举制度、反腐倡廉等方便勇于改革，取得实效。《明史·张璁传》：『刚明果敢，不避嫌怨。既遇主，亦时进谠言。』明万历《国史传》：『以是搢绅之士，嫉之如仇。然其刚明峻洁，一心奉公，慷慨任事，不避嫌怨。其掌都察院，不终岁而一时风纪肃清，积弊顿改。在内阁，自以受上特知，知无不言。密谋庙议，既同事诸臣，多不与闻者。至于清勋戚庄田，罢镇守内官，百吏奉法，苞苴路绝，海内治矣。至其持议守正，虽严谕屡下，陈辞益剀切不挠。上察其诚，久久益敬信之，常以元辅罗山呼之而不名。』《国朝典故》：『孚敬刚明峻洁，一心奉公，慷慨任事，不避嫌怨。果于自用，休休之量，是其所短。上亲按其古谥法，以其危身奉上，特谥曰文忠，眷顾之厚，终始不替云。』《歧海琐谈》：『刚明峻洁，一心为公，慷慨纪事，不避嫌怨。』《中国通史》：『始终清廉自守，博学明辨，而勇于革新，可谓嘉靖朝难得的贤相，也是明代一少有的阁臣。』《昭代典则》：『张孚敬奏革各省镇守内臣及清勘皇亲庄田，土官得行其志，黎庶得安其寝，天下鼓舞若更生，其功万世不可泯也。』《编年信史》：『张永嘉（张璁）相业俊伟掀揭，本朝首推。即如镇守内臣，自景泰初设至今，五虑百余年，虽孝宗之仁圣，李（东阳）、谢（迁）

之专久，未闻匡救者，而永嘉力能回天，以除大患，有再造宇宙之功云。』《明经世文编》：『永嘉（张璁）功在社稷，莫大于是。』　茂恭孚敬：张璁（一四七五—一五三九），字秉用，号罗峰，后因和明世宗嘉靖朱厚熜同音，世宗为改名孚敬，赐字茂恭，永嘉永强（今温州市龙湾区普门村）人。官至内阁首辅，明朝大改革的开启者。

〔二〇三〕功过何须论：张璁的改革与反腐损害了皇亲国戚、太监、官吏、权贵阶级的既得利益，不能不引起他们的仇恨，弹章不绝，诋毁不断，功过是非，争议颇多，毁誉参半。　令誉：令，美好，善。指美好的声誉。南朝宋刘义庆《世说新语·言语》：『钟毓、钟会，少有令誉。』

〔二〇四〕刚正不阿：刚，刚直。正，正直。不阿：不逢迎。刚直方正而不逢迎附和。清蒲松龄《聊斋志异·一员官》：『济南同知吴公，刚正不阿。』

〔二〇五〕罗东：温州罗山以东，即如今龙湾区。　彦：有才学的人。《诗·郑风·羔裘》：『彼其之子，邦之彦兮。』　渊薮：聚集。《后汉书·梁冀传》：『宛为大都，士之渊薮。』　精曜：光辉。汉班固《西都赋》：『精曜华烛，俯仰如神。』晋左思《吴都赋》：『精曜潜颖，硩陊山谷。』　紫宸：泛指宫廷。明沈鲸《双珠记·邮亭失珠》：『才离紫宸，平步莲鞋稳。』清孙枝蔚《北山》：『战士从来苦，谁曾达紫宸。』

〔二〇六〕八夤：八方边远之地。南朝齐王俭《高德宣烈乐》：『诞应休命，奄有八夤。』

〔二〇七〕桑梓：《诗·小雅·小弁》：『维桑与梓，必恭敬止。』谓家乡的桑树、梓树是父母种的，对它要有敬意。后因以『桑梓』代指故乡或父老乡亲。　敬止：敬仰。　绍：连续，继承。　遗烈：前人遗留的烈节、风操。宋苏洵《族谱后录》：『祖母严毅，居家肃然，多才略，犹有窦太后、柴氏主之遗烈。』　苦辛：犹辛苦，劳苦艰辛。《古诗十九首·今日良宴会》：『无为守穷贱，轗轲常苦辛。』《后汉书·孔奋传》：『奋力行清絜，为众人所笑，或以为身处脂膏，不能以自润，徒益苦辛耳。』

〔二〇八〕敢为天下先：改革开放后，对温州人精神的总结是：『敢为天下先，特别能吃苦，特别能创业。』

〔二〇九〕埠：停船的码头，靠近水的地方（古亦作『步』）或谓旧与外国通商的城市。 壮翼：健壮的羽翼，亦指善飞的鸟。晋左思《魏都赋》：『云雀踶甍而矫首，壮翼摛镂于青霄。』南朝梁元帝《玄览赋》：『雄梁渡水，壮翼临空。』

〔二一〇〕崇楼：指大屋高楼。鲁迅《坟·摩罗诗力说》：『谓厥祖在时，其为智慧武怒者何似，尝有闳宇崇楼，珠玉犬马，尊显胜于凡人。』 攒簇：簇聚，簇拥。宋孟元老《东京梦华录·驾宿太庙奉神主出室》：『驾乘玉辂……顶皆缕金大莲叶攒簇四柱栏槛，镂玉盘花龙凤。』元徐再思《小桃红·花篮髷髻》：『东风攒簇一筐春，吹在秋蝉鬓。』 阗噎：充塞，拥挤。晋左思《吴都赋》：『冠盖云荫，闾阎阗噎。』刘逵注：『闾阎阗噎，言人物遍满之貌。』 夏屋：大屋。《诗·秦风·权舆》：『于我乎夏屋渠渠。』晋陆机《演连珠》：『震风东发，则夏屋有时而倾。』 岌嶪：高峻貌。汉张衡《西京赋》：『疏龙首以抗殿，状巍峨以岌嶪。』 嶙峋：形容山势峻峭、重叠、突兀的样子。

〔二一一〕夷涂：平坦的道路。汉张衡《西京赋》：『襄岸夷涂，修路陵险。』 襄岸：襄，相助，辅佐。这里是滨水的意思。 周道：大路。《诗·小雅·四牡》：『四牡騑騑，周道倭迟。』 列肆：谓开设商铺。《史记·平准书》：『今弘羊令吏坐市列肆，贩物求利。』清张际亮《送云麓督粮粤东》：『市易多年达岛洋，夷酋列肆来朝暮。』 囷轮：屈曲貌。唐张说《岳阳石门墨山二山相连有禅堂观天下绝境》：『囷轮江上山，近在华容县。』

〔二一二〕连轸：车后横木相接，形容车多。晋左思《魏都赋》：『百隧毂击，连轸万贯；凭轼捶马，袖幕纷半。』

唐韩愈《赠崔立之评事》：『曾从关外来上都，随身卷轴车连轸。』　接毂：车轮挨着车轮，形容车多拥挤。明徐弘祖《徐霞客游记·游嵩山日记》：『伊阙摩肩接毂，为楚豫大道。』　映咽：水流不通，阻塞。晋左思《魏都赋》：『泉流迸集而映咽。』李善注：『映咽，流不通也。』　蒸徒：众人，百姓。晋左思《魏都赋》：『习习冠盖，莘莘蒸徒。』　聱耴：众声杂作。晋左思《吴都赋》：『鱼鸟聱耴，万物蠢生。』李善注：『聱耴，众声也。』　纷纶：杂乱貌，众多貌。《史记·司马相如列传》：『纷纶威蕤，堙灭而不称者，不可胜数也。』

〔二一三〕芜杂：杂乱无章，乱而杂，没有条理。唐卢藏用《陈子昂别传》：『尝恨国史芜杂，乃自汉孝武之后，以迄于唐，为《后史记》，纲纪粗立，笔削未终。』　太虚：谓宇宙。南朝梁沈约《均圣论》：『我之所久，莫过轩羲；而天地之在彼太虚，犹轩羲之在彼天地。』唐陆龟蒙《江湖散人传》：『天地大者也，在太虚中一物耳。』疏阔：指宽阔。夏丏尊、叶圣陶《文心》：『我知道第四行和第五行中间太疏阔了，看去便觉得不接气。』

〔二一四〕灼灼：鲜明的，明亮的，耀眼的。《诗·周南·桃夭》：『桃之夭夭，灼灼其华。』　莹莹：明亮，亮晶晶。龚尔位《情诗次钝庵韵》：『依依堂前柳，莹莹窗下雪。』

〔二一五〕熙熙：温和欢乐的样子。唐柳宗元《捕蛇者说》：『其余，则熙熙而乐。』　矞矞皇皇：一般用于书面古语，用以表达繁荣昌盛、富丽堂皇、色彩艳丽、恢宏大气之意。《太玄经·交》：『物登明堂，矞矞皇皇。』司马光集注引陆绩曰：『矞皇，休美貌。』　攘攘：形容纷乱拥挤的样子。《六韬》：『天下攘攘，皆为利往；天下熙熙，皆为利来。』　诜诜：和集貌。晋闾丘仲《三月三日应诏诗》：『光光华辇，诜诜从臣。』振振：众多貌，盛貌。《诗·周南·螽斯》：『螽斯羽，诜诜兮，宜尔子孙，振振兮。』马瑞辰通释：『振振，盛也。』

〔二一六〕地瘠致贤孝：居住在土地贫瘠上的人们更为勤奋、贤良和孝道。《国语·鲁语下》：『沃土之民不材，淫也；瘠土之民，莫不向义，劳也。』《淮南子·修务训》：『夫瘠地之民多有心者，劳也；沃地之民多不才者，饶也。』《孟子·告子下》：『故天将降大任于斯人也，必先苦其心志，劳其筋骨，饿其体肤，空乏其身，行拂乱其所为，所以动心忍性，曾益其所不能。』 困顿：艰难窘迫。宋陈亮《与韩无咎尚书》：『亮涉历家难，穷愁困顿，零丁孤苦。』

〔二一七〕多难兴邦：邦，国家。国家多灾多难，在一定条件下可以激励人民奋发图强，战胜困难，使国家强盛起来。《左传·昭公四年》：『邻国之难，不可虞也。或多难以固其国，启其疆土；或无难以丧其国，失其守宇。』 天酬：酬，是酬报，回报。上天庇佑的意思。

〔二一八〕建星：古星座名，亦省称『建』。凡六星，在黄道北，与南斗六星同属斗宿。《国语·周语下》：『我姬氏出自天鼋，及析木者，有建星及牵牛焉。』 牛斗：也作『斗牛』，二十八宿中的斗宿和牛宿，指东南方。宋苏轼《赤壁赋》：『月出于东山之上，徘徊于斗牛之间。』 濯足：本谓洗去脚污，后以『濯足』比喻清除世尘，保持高洁。《楚辞·渔父》：『沧浪之水清兮，可以濯吾缨；沧浪之水浊兮，可以濯吾足。』 玄渊：深渊。《楚辞·九章·惜往日》：『临沅湘之玄渊兮，遂自忍而沉流。』这里指太平洋。 旸谷：古称日出之处。《书·尧典》：『分命羲仲，宅嵎夷，曰旸谷，寅宾出日。』《孔传》：『旸，明也。日出于谷而天下明，故称旸谷。』

〔二一九〕蒙汜：古代神话中所指日入之处。《楚辞·天问》：『出自汤谷，次于蒙汜；自明及晦，所行几里？』 咸池：神话中谓日浴之处。《楚辞·离骚》：『饮余马于咸池兮，总余辔乎扶桑。』王逸注：『咸池，日浴处也。』 枕首：或称『脑枕』，明清家具部件名称，椅子、衣架等位于家具最上的横梁叫『枕首』，也叫『搭脑』，这里是背靠的意思。 白云：白云尖，海拔一千六百一十一米，位于泰顺县西北部的乌岩岭国家级自然保护区，属洞宫山脉，在泰顺与景宁的交界，是浙南第一高峰，为温州第一高峰，有『温州珠峰』之称。　敕木：即敕木山，位于景宁县城东南五公里，属洞宫山脉，海拔一千五百一十九米。面积约五十二平方公里，主要由火山岩构成。常年云雾缭绕，气候宜人，景色秀丽，为旧时『景宁八景』之一，名『敕峦雾雪』。每当烟雨如织暮春时节，山色如洗，云雾随风飘动，山峰忽隐忽现，登临绝顶，则烟雾随襟，有如置身白云之中，俯瞰远处，景色历历在目。

〔二二〇〕抵：支住，顶住，挡住。　五指：即五指山，地处海南岛中部，主峰高一千八百六十七米，为海南第一峰，素有『海南屋脊』之称。　马柱：东汉马援征服交趾，立铜柱以为汉南边疆界的标志。《后汉书》：『援将楼船大小二千余艘，战士二万余人，进击九真贼征侧余党都羊等，自无功至居风，斩获五千余人，峤南悉平。』唐李贤注引《广州记》：『援到交址，立铜柱，为汉之极界也。』后因以『马援柱』『马柱』为典实。　空桑：古代汉族传说中地名，出自《山海经》，主要指今鲁西豫东地区，因有大片桑林而得名，又因是商代名相伊尹和圣人孔子的出生地而出名。《吕氏春秋》记载：『先氏女子采桑，得婴儿于空桑之中，献之其君居。』《春秋孔演图》一书中说：『孔子母徵在游大冢之坡，睡，梦黑帝使清与己交。语曰：女乳必于空桑之中，觉则若感，生丘于空桑之中。』　孤竹：孤竹国（今河北迁安市、滦县、卢龙县以北跨燕山地域），诞生于商朝初年（约前一六〇〇）的孤竹国，是今冀东、辽西地区第一个地方政权，是滦河之滨最早的奴隶制诸侯国。它的出现标志着今冀东大地已从蒙昧和野蛮状态中苏醒，从原始社会跨进了文明的门槛，是今冀东、辽西地区文明史的开端，距今约三千六百多年。

〔二二一〕蒿目：极目远望。《庄子·骈拇》：『今世之仁人，蒿目而忧世之患。』宋王安石《忆金陵》：『蒿目黄尘忧世事，追思陈迹故难忘。』清李渔《玉搔头·分任》：『蒿目为时忧，年未艾霜雪盈头。』　优逸：

安闲。《后汉书·郑太传》：『然光武以来，中国无警，百姓优逸，忘战日久。』兜率宫：梵语，犹言天宫。元王实甫《西厢记》：『这的是兜率宫，休猜做了离恨天。』清龚自珍《能令公少年行》：『莲邦纵使缘未通，他生且生兜率宫。』

〔二二二〕广望：古台名。语出南朝刘宋颜延之《赭白马赋》：『临广望，坐百层，料武艺，品骁腾。』百重：谓极多层次。汉班固《西都赋》：『陛戟百重，各有典司。』南朝梁庾肩吾《赋得山》：『刻削临千仞，嵯峨起百重。』这里指龙湾东侧大海的『百重浪』和西侧岑岑的『百重山』。

〔二二三〕朝暾：形容初升的太阳，阳光明亮温暖。亦指早晨的阳光。《隋书·音乐志下》：『扶木上朝暾，嵫山沉暮景。』驭：有驾驶马车的意思，还有统率、控制的意思。丰隆：即云神丰隆，又称『云中君』『屏翳』。屈原《离骚》：『吾令丰隆乘云兮，求宓妃之所在。』晋左思《吴都赋》：『思假道于丰隆，披重霄而高狩。』

〔二二四〕鸿蒙：亦作『鸿濛』。宇宙形成前的混沌状态。《庄子·在宥》：『云将东游，过扶摇之枝，而适遭鸿蒙。』成玄英书：『鸿蒙，元气也。』也指东方之野，日出之处。《淮南子·俶真训》：『提挈天地而委万物，以鸿濛为景柱，而浮扬乎无畛崖之际。』高诱注：『鸿濛，东方之野，日所出，故以为景柱。』又指高空。明刘基《通天台赋》：『矗鸿濛以建标兮，拖甘泉以为祛。』

〔二二五〕爣朗：光明而宽敞貌。清谢阶树《贵州道中记》：『上有穴如瓮口，初入倏如夜行，至其腹忽爣朗有穴，透天光如圆月。』拓落：宽广的样子。晋左思《魏都赋》：『或嵬罍而复陆，或爣朗而拓落。』沆瀁：广阔貌。晋左思《吴都赋》：『泓澄奫潫，澒溶沆瀁，莫测其深，莫究其广。』沖瀜：深广貌。晋木华《海赋》：『沖瀜沆瀁，渺弥湠漫。』李善注：『沖瀜沆瀁，深广之貌。』

〔二二六〕魏武：即曹操（一五五—二二〇），字孟德，一名吉利，小字阿瞒，沛国谯县（今安徽亳州）人。

东汉末年杰出的政治家、军事家、文学家、书法家，三国中曹魏政权的奠基人。　碣石：山名，在现在河北昌黎。曹操于建安十二年（二〇七）九月北征乌桓，消灭了袁绍残留部队胜利班师途中，登临碣石，作《观沧海》：『东临碣石，以观沧海。水何澹澹，山岛竦峙。树木丛生，百草丰茂。秋风萧瑟，洪波涌起。日月之行，若出其中。星汉灿烂，若出其里。幸甚至哉，歌以咏志。』这首四言诗借诗人登山望海所见到的自然景物，描绘了祖国河山的雄伟壮丽，既刻画了高山大海的动人形象，更表达了诗人豪迈乐观的进取精神和气吞宇宙的胸襟，是建安时代描写自然景物的名篇，也是我国古典写景抒怀诗中出现较早的名作之一。　被：指受到感化教育。汉扬雄《剧秦美新》：『厥被风濡化者，京师沉潜，甸内匝洽，侯卫厉揭，要荒濯沐。』李善注：『言风化所被。』张铣注：『被及仁风。』　宋玉：宋玉（约前二九八—约前二二二），又名子渊，崇尚老庄，战国时期鄢（今湖北宜城）人，楚国文人。生于屈原之后，为屈原弟子。曾事楚顷襄王。好辞赋，为屈原之后辞赋家，与唐勒、景差齐名。所作辞赋甚多，流传作品有《九辨》《风赋》《高唐赋》《登徒子好色赋》等。　王风：大王之风。语出宋玉《风赋》：『楚襄王游于兰台之宫，宋玉、景差侍。有风飒然而至，王乃披襟而当之，曰：「快哉此风！寡人所与庶人共者邪？」宋玉对曰：「此独大王之风耳，庶人安得而共之！」』

〔二二七〕嗟：赞叹。《宋史·王质传》：『见其所为文，嗟赏之。』　海赋：作者西晋辞赋家木华。该赋描写大海气势浩瀚，物产丰富，多神怪精灵，写得壮丽多姿。《文选》李善注引傅亮《文章志》称赞说：『广川木玄虚为《海赋》，文甚丽，足继前良。』　诡异：指很悬、很巧、很奇怪、很令人惊讶而让人感到迷惑的事，也可以指一些与众不同的东西。　哈：笑。　河伯之识懵：典自《庄子·秋水》：『秋水时至，百川灌河，泾流之大，两涘渚崖之间，不辨牛马。于是焉，河伯欣然自喜，以天下之美为尽在己。顺流而东行，至于北海，东面而视，不见水端。于是焉，河伯始旋其面目，望洋向若而叹曰：「野语有之曰：『闻道百，以为莫己若者，我之谓也。且夫我尝闻少仲尼之闻，而轻伯夷之义者，始吾弗信。今我睹子之难穷也，吾非至于子之门，则殆矣，吾长见笑于大方之家。』识懵：见识懵懂无知。

〔二二八〕子山：庾信（五一三—五八一），字子山，小字兰成，《周书》与《北史》都称他为南阳新野（今河南新野）人，南北朝时期文学家、诗人。　小园：即《小园赋》，是南北朝著名诗人庾信晚年羁留北周、思念故国时所作的一首抒情小赋。该赋通过对所居住小园景物的描写，抒发了作者故国之思和身世之悲。全篇触景生情，移情入景，情景交融，物我一体，并且用典和白描紧密结合，颇见匠心。　意大：指胸怀大志。景濂：宋濂（一三一〇—一三八一），初名寿，字景濂，号潜溪，别号龙门子、玄真遁叟、仙华生、元贞子、元贞道士、仙华道士、幅子男子、无念居士、白牛生、南山樵者、南宫散史、禁林散史，祖籍金华潜溪，至宋濂时迁居金华浦江（今浙江浦江）。明初著名政治家、文学家、史学家、思想家，与高启、刘基并称为『明初诗文三大家』，又与章溢、刘基、叶琛并称为『浙东四先生』，被明太祖朱元璋誉为『开国文臣之首』，学者称其为太史公、宋龙门。　阅江：即《阅江楼记》。朱元璋称帝后，下诏于南京狮子山顶修建阅江楼，宋濂奉旨撰写此记。此应制之作颇具特色，颇有明代开国气势，后入选《古文观止》。　神通：谓通过神灵感应而沟通。三国魏曹植《陈审举表》：『昔伊尹之为媵臣，至贱也；吕尚之处屠钓，至陋也；及其见举于汤武、周文，诚道合志同，玄谟神通。』

〔二二九〕嗤：讥笑。　彼岸：太平洋对岸，指龙湾区的对岸是美国。　雕悍狼戾：像雕一样迅猛强悍，如狼一般凶狠。这里指美国为了遏制中国崛起，所实行的『亚太再平衡战略』。语出晋左思《吴都赋》：『料其虓勇，则雕悍狼戾。相与昧潜险，搜瑰奇。』　斯畔：这边，这侧，指包括龙湾在内的中国。　允执厥中：允，诚信。执，遵守。厥，其。中，中正。意指言行不偏不倚，符合中正之道。《尚书·大禹谟》：『人心惟危，道心惟微，惟精惟一，允执厥中。」

〔二三〇〕修昔底德陷阱：是指一个新崛起的大国必然要挑战现存大国，而现存大国也必然会回应这种威胁，这样战争变得不可避免。此说法源自古希腊著名历史学家修昔底德，故称『修昔底德陷阱』。 晋楚争霸：晋楚争霸战争，是指在春秋中期，晋、楚两国为争夺对中原地区的控制权进行的战争。因两国实力都很强大，谁也制服不了谁，最终晋、楚均未能独自控制中原各国，战争消耗而拉锯。其主要战役有『城濮之战』『邲之战』『鄢陵之战』，并称晋楚三大战役。 途穷：喻走投无路或处境困窘。南朝宋颜延之《五君咏·阮步兵》：『物故不可论，途穷能无恸。』唐刘肃《大唐新语·持法》：『此途穷者，不辑之，当为患。』

〔二三一〕塔西佗效应：得名于古罗马时代的历史学家塔西佗。通俗地讲就是指当政府部门失去公信力时，无论说真话还是假话，做好事还是坏事，都会被认为是说假话、做坏事。这个卓越的见解后来成为西方政治学里的定律之一，即『塔西佗陷阱』。 祛：除去，消除。 辟言不信：不听信合乎法度的话。《诗·雨无正》：『如何昊天，辟言不信。』 衰癃：衰弱多病。《续资治通鉴·宋钦宗靖康二年》：『乃以衰癃之质，起于间废之中，迎置宫闱，进加位号。』

〔二三二〕踔：踢。汉扬雄《长杨赋》：『帅军踔阹，锡戎获胡。』 束阨：群山相聚而形成的要隘。阨，通『隘』。晋左思《魏都赋》：『由重山之束阨，因长川之裾势。』 岩阻：指险阻之处。三国魏曹植《鹖赋》：『美遐圻之伟鸟，生太行之岩阻。体贞刚之烈性，亮干德之所辅。』 羁縻：《史记·司马相如传·索隐》解释说：『羁，马络头也；縻，牛靷也。』引申为笼络控制。

〔二三三〕竭涸：干涸无水。晋木华《海赋》：『掎拔五岳，竭涸九州岛。』李善注：『掎拔竭涸，言水既除，掎拔而出，竭涸而干也。』 泮汗：水流广大貌，这里指大海。 平步：平常之举步，比喻轻易。清赵翼《飓风歌》：『不然竟刮海水竭，平步可达扶桑红。』　溟池：即溟海。北周庾信《谢滕王集序启》：『溟池九万里，无逾此泽之深；华山五千仞，终愧斯恩之重。』

〔一二三四〕块垒：比喻胸中郁结的愁闷或气愤。宋刘弇《莆田杂诗》：『赖足樽中物，时将块垒浇。』　通逵：犹通途。南朝宋谢灵运《君子有所行》：『密亲丽华苑，轩甍饰通逵。』

〔一二三五〕屈子：指屈原，战国时期楚国诗人、政治家。出生于楚国丹阳。芈姓，屈氏，名平，字原；又自名正则，字灵均。楚武王熊通之子屈瑕的后代。　恨：遗憾。

〔一二三六〕娥英：娥皇、女英的并称。长曰娥皇，次曰女英，是中国古代华夏族神话传说中帝尧的两个女儿，姐妹同嫁帝舜为妻。舜继尧位，娥皇女英为其妃，后舜至南方巡视，死于苍梧。二妃往寻，得知舜帝已死，埋在九嶷山下，抱竹痛哭，泪染青竹，泪尽而死，因称『潇湘竹』或『湘妃竹』。

〔一二三七〕往者不可谏，来者犹可追：此语出自《论语·微子》：『楚狂接舆歌而过孔子曰：「凤兮凤兮，何德之衰！往者不可谏，来者犹可追。已而，已而！今之从政者殆而！」』意思是过去的就过去了，从现在开始也不迟啊！

〔一二三八〕大雷岸：在安徽省望江县。南朝宋鲍照有《登大雷岸与妹书》。宋文帝元嘉十六年，临川王义庆出镇江州，鲍照被擢为国侍郎。秋天，鲍照到江州去就职，给他的妹妹鲍令晖写了一封信，其实是一篇优美的骈文。鲍照运用生动的笔触、夸张的语言，描写他登大雷岸远眺四方时所见的景物，高山大川，风云鱼鸟，都被他绘声绘色地表现出来，成为一幅风格雄伟奇崛而又秀美幽洁的图画。同时作者也写了自己离家远客的旅思和路上劳顿的情形，感情与景物交融，使文章充满了抒情气息。　大念：久远之计，远大的胸怀。南朝宋鲍照《登大雷岸与妹书》：『长图大念，隐心者久矣。』　非罴：周文王将田，卜曰：所获非龙非彲，非虎非罴，乃伯王之辅。果遇姜太公于渭水之阳。这里以『非罴』为老而遇合、大器晚成之高才。

〔二三九〕歌于斯，哭于斯：歌唱在这里，哭泣在这里。指安居或休养生息的意思。晋文子赵武家里新落成一所房屋，晋国大夫张老去祝贺说：『美哉轮焉，美哉奂焉！歌于斯，哭于斯，聚国族于斯！』旁人十分惊讶。晋文子接上：『武也得歌于斯，哭于斯，聚国族于斯，是全腰领以从先大夫于九原也！』人称晋文子善颂善祷。

〔二四〇〕江郎：指江淹（四四四—五〇五），字文通，南朝著名文学家、散文家，历仕三朝，宋州济阳考城（今河南省商丘市民权县程庄镇）人。　恨别：分别指江淹《恨赋》和《别赋》。《恨赋》，全赋排章选句、哀恨绵绵，刻画了从得志皇帝到失意士人的诸多哀伤怨恨，概括了人世间各种人生幽怨与遗恨，不愧为通贯古今之天下第一『恨赋』；《别赋》，此赋以浓郁的抒情笔调，以环境烘托、情绪渲染、心理刻画等艺术方法，通过对戍人、富豪、侠客、游宦、道士、情人别离的描写，生动具体地反映出齐梁时代社会动乱的侧影。指出任何大手笔也难写离别之深情，言尽而意不尽。全赋用骈偶的句式，绘声绘色，语言清丽，声情婉谐，千百年来，脍炙人口。　安得：岂可。　岘山：岘山坐落在湖北襄阳（今襄阳市）城南七里，东临汉水，与紫盖山、万山并称『三岘』，而岘山为之首，故又名『岘首山』。其山虽不高峻雄奇，却因羊祜而闻名遐迩。　泪悲：即『岘山泪』或『堕泪碑』，是指对已逝去的德高望重者的追念。羊祜，字叔子，原费县南城（今属平邑县）人，出身于名门世家。他相貌英俊，德才兼备。曹魏末历任中书侍郎、秘书监、相国从事中郎等职，掌管军事机要。晋武帝时，升任尚书左仆射，卫将军。有一次登岘山，他对同游者喟然叹曰：『自有宇宙，便有此山，由来贤达胜士，登此远望如我与卿者多矣，皆湮灭无闻，使人悲伤！如百年后有知，魂魄犹应登此山也。』羊祜死后，襄阳百姓在其生前游憩之地岘山建庙立碑，以示纪念。每当人们至此，睹碑生情，莫不流泪，杜预因称此碑为『堕泪碑』。这里是指作者所抒发的、如同羊祜一样的『江山恒久远，人事渺云烟』的感慨！

高永兴

注释于二〇一五年十一月十三日

龍灣賦

有樂府魚龍曲曰昔有丁僊公嶗山往返窮慷慨脫略志伴奐黃石叢天風裹雪浪崩雲軋蒼穹江流湓硤辟羅浮馺排空老媼駐涯涘羸緣巖坻蓬自謂海童夢茲水僊路通履霜焦原悦阽危胶戾恫丁僊爰躍躍捷足既匆匆紛披見蟲洞蝦簇接龍宮龍王惡匪人遣爾田嘉東臨別贈散石載言有神功睒睗泥塗曠傛束廣瀉中駛然投沙漲猝然如卧虹去海四十里罔勞鞭石翁揚沙漫布濩珎怪湧倥偬大荒踏駁妍海鮮陸離豊天浪水府國馮夷騶虞宗龍灣名始顯踵襲永强風賁海羅天地蠖略一飛衝夫龍灣其僻而勝矣其時而古矣且其小而大矣

爾其勝也出温谷履炎躔庇扶桑浴甘淵夕陽山外太平洋邊地雖
黑子勢猶闐闐崇隆則龍宮嶢闕沮洳則鮫室珠璉噓爲則羅雲罟
海噏爲則載黄載玄霿下位兮仰八紘裾朝宗兮納百川佔形勝兮
縱雄奇括巨麗兮弄清姸暈精衛兮漸鴻陸欝青陽兮歕春煙亘左
衽兮恒抱樸睠太昊兮試比肩區區龍伯蕩蕩洞天五噫所寍鳳吹
登僊冥冥先覺爰居載遷肸蠁攸名三足趣前禺強東使鼇戴斯縣
中原光宅而圖大何如甌越醇壹而自偏羣雄逐鹿以蹴踰詎若騎
鯨向天而宴然
且夫其形檠蕃弱張乎混流圖合半規栝乎玄都宗武夷倚青牛倚
金羅棹帆游居汭位表洞頭九凰将郁壘神荼扈羅浮甌江渾其北
青龍白龍逑飛雲橈其南白虎白烏儔蜃飛入滄溟箕舌鎖咽喉奚

知武夷非度翔盤坳登骫式枆株奔蔱馳嶺三千里騫龍渴飲而東
趋於是乎山水周陆而輻輳氣理湁潗而縈紆錐蕞陋而湫隘實勝
理於天區
至若羅山赫赫闕德不囬犖犖子立氣格恢恢砥柱閬中綰轂九垓
闌干落瀚海河漢曜斗魁岱嶽移齊魯終南若西来攬景入綺扉眄
目接崔嵬水旋蛟龍辟城環周靈臺雲髻僊掌合日暎蓮花開霞被
鵔鸃冠煙迷雁翎盍天潢絶維漢揚帆靈鷲桅於是乎光華外曄浩
氣内宣緼緼靄靄靉靆綿綿彌漫岑崟縹緲中天崇山矗矗巃嵸顛
顛巀嶭崎崛蹇連屯邅谽呀澥谷豁閜輞川老君藏拙畏壘去賢羅
浮夢斷今夕何年其間冬温南榮欝欝阡阡松杉澗底菁莪臨淵梓
椅蔭翳蘭杜高懸蘄巖叅嵯磈礧填填黄碤林冠碱砆杪巔偃蹇傾

崎不崩不騫神形卓詭風情萬千騰踔馳突頡頏翩躚或金鷄獨立
或龍脊蜿蜒或㹇狋夭蟜或龜犀橫眠髣髴上林之苑囿宛若雲夢
之澤邊其泉則凜凜龠發亹亹涓涓溪流玉石軼軼斯干苔枝弄色
筱媚清漣駭然崩落猗靡嬋娟隨珠迸濺雪沸冰旋滈滈霧縠皎皎
輕煙或虎嘯鏗耾或鳳鳴清圓或幽噎管籥或萃蔡彈弦是以流醪
注碧天河瓊漿猶嫩承霜接露天池玉液永淳羣山四塞或為仇池
無根之水綱維六合或為博望槎浮之津其姿妍爲柔橈而綽約其
容嬌爲清潤而和均其神韻爲沉瀹而涵蓄其質艷爲靡曼而澍真
雨驟兮樓墜綠珠風飄兮浣紗含顰嘽嗳兮霓裳青琴流藻兮回雪
洛神照嶙峋而嫵媚暎蒼狗而清新攝碧宇以爛漫指青冥而彌倫
鑲碧玉於千戚束萑萋以錦綸是以山因水婧水以山醇洞坐顧公

羅隱尖駐李王寨城巖欲将軍叫客瀑戲梅雨美人楊樸樓船安在
越王古都蚕湮千佛慧光空悟僊巖貞義脩身讀有寒潭白魚居則
泓澄隱鱗鳴呼溪山天下第一無意羣芳争春
爾其往也甌居海中蠻隅夷陬斷髮文身衣魚食鷗棲乎山嵗晻乎
漂舟蹇足泥沼東濕寢丘颯風雷動或簸或蹂折木蜚屋六極紇紇
海吼崩摧如寇如仇尸骸枕籍百里啾啾棲苴被野蕪穢長洲饑饉
薦臻號呼不讎臺駘爲往鯀禹爲籌其毒大苦心之憂憂懲羹吹齏
莫之由由是以壅以禦嚙獻以沉牛後以漉浦闢之綢繆堆埼屢蕩
埽不懲脩案衍屢陵壑不輟耰往車雖折来輪方遒夙夜匪懈盡恕
休囚故而長堤轇轕消澮劉流湫湄延屬坰野平疇
然天災可恕人禍難防河泥蕩月大漠鷹揚曇湖煙柳隴頭雲蒼孫

恩之徒屢犯羅平之儔踔梁海精元末肆虐海潮隋唐張狂迫至元
明倭患熾昌虔劉海壖性逾豺狼燒殺奸擄喪盡天良烈焰彤天斬
馘懸墻兒聞止哭鬼見斷腸沛德二妙慷慨激昂招募鄉衆齦其奸
猖鋒鏑霑漬甲胄被創視死如歸血染疆場杲果雙辟締構永昌唇
齒寧村犄角永興退可拒守進可宵征勇毅篤行戎慎矜矜戎狄是
膺東瀛是懲保境安民闤闠肆威棱倭寇遠遁莫我敢承渙汗後葉德
懋繩繩至於清初海禁驅民內徙清野五十里頹隍幾千祀詒書殄
寇號令雷硠急如星火迅如電馳郡縣切峻如虎如貔州司逼迫如
熊如羆遅疑則喑噁叱咤逋慢則捶拊鞭笞頓踣兮黃髫顛沛淒慼
兮婦孺流離瑟瑟兮衣不蔽體轆轆兮食不充饑煨燼兮巢焚一炬
踐藉兮罔有孑遺榛莾兮家園牢落丘墟兮故里倉夷飄飄兮至彪

風詠睠睠兮子容繪詞介介兮鍾儀楚奏耿耿兮床前夜思上横路
下横路舊時横塘東演跡龍船河中横河往昔長汀北衍溝遐武稀
微在可憐幾度秋杜鵑啼血苦魴魚頳尾憂長城飲馬窟遠堤磷火
幽肝腦塗原隰珠淚瀉龍湫骨髓汎海沫脂膏洎消流河山皆瀝血
菑畝漸四愁
然則載劬載勞既允既臧若夫甌窶我疆我理東南其疇禹甸畇畇
黍稷油油深耕細作廣種博收且山羅水罟珎怪相酬天幬地載與
共薦羞若夫污邪載淖載鹵既黏既稠鹽坦斥斥墾畦褶皺泥塗花
白曬灘霜愁竈臺鱗次櫛比九甲珠琲相櫟挑夫接踵越嶺鹺運連
舳帆游惟見爨煙滾滾不聞得寶歌謳東南十監利估鰲頭廟堂刓
印諸侯費留或清塵棲海曲或紫馬逸東甌永强令聞遐邇與屬解

池徽猷其俗也義利並舉其化也禮樂率由其歸也手藝百工其出也鋤箕網罟著醇醲以碌碌沐南風而優優宗仁義之鄒魯背怵迫之仇繇耕三才以致富習六藝而榮華鍾海山之毓秀闡寅亮於永嘉生相國於蓬戶識海壇之漲沙挽狂瀾於既倒奈閻馬之沉渣大事去矣何能為耶惜非宋末三傑實乃圖強爪牙即青輿之舊跡吊忠魂於天涯恨子昂之碑圯渺占城之煙霞於是乎里有六尺巷閭苞百忍家南僊龍熱草芙蓉五月花橋階趙建大埠留鐵帽娃鑊破往欲反品學辟無瑕姜字法天地正心摛清華介軒集大成道通而心遐任俠壽張兕義配博浪沙瑤溪卧龍吟詩成泣鬼神摇扇生清風敢濟天下民比瀑落天外坻隤殷萬鈞桓譚識非經大禮合人倫革故鼎新政茂恭孚敬臣功過何須論令譽垂千旬剛正不阿節智

信廉義仁羅東彥淵藪精曜於紫宸爾今佈四海經世濟八夤惟桑
梓之敍止紹遺烈之苦辛敢為天下先勇創世界新是以高鐵長龍
趣海埠飛機壯翼棲甌濱崇樓攢簇而闐噎夏屋岌業而嶙峋夷塗
襄岸而經緯周道列肆而囷輪連軨接轂而映咽蒸徒聲聒而紛綸
絪絡蕪雜縈太虛天涯踈闊若比鄰灼灼兮流光溢彩瑩瑩兮堆玉
砌珉熙熙兮喬喬皇皇攘攘兮詵詵振振嗚呼地瘠致賢孝困頓改
清貧多難可興邦天酬龍灣人
爾其大也東則建星牛斗濯足玄淵暘谷西則濛汜咸池枕首白雲
敕木南抵五指馬柱北戴空桑孤竹若萬目羅山巔優逸兜率宮臨
廣望憑百重頫朝暾馭豐隆易陰陽貫鴻蒙意攄朗而拓落心沆瀁
而沖瀜小魏武之碣石彼宋玉之王風嗟海賦之詭異咍河伯之識

憯子山小園而意大景瀌閱江而神通嗤彼岸雕悍狼戾頽斯畔允執厥中戒脩昔底德陷阱鑒晉楚爭霸途窮慎塔西佗之效應革辟言不信頽風跸重山之東厄蕩巖阻之羈縻或竭涸於泮汗或平步於溟池胸無塊壘臆有通達洞庭其實咫尺屈子恨未東馳湘江倘非北去娥英勢必南隨嗚呼往者不可諫来者猶可追大雷岸有大念龍灣畔有非羆歌於斯哭於斯聚家族於斯焉有江郎之恨別安得硯山之淚悲耶

歲次共和乙未桂秋穀旦　吉立

高永興撰文王藝嫻篆額王昕書丹

《龙湾赋》感言

吾邑温州龙湾区，辖旧时永嘉场、状元、蒲州、梅头，依罗山怀抱，状似畚斗，临东溟瓯潮，形如浮茄，聚群峰磅礴之灵秀，纳瀚海澎湃之英气，拓原野广博之景域，开苍穹浩渺之长天，三才有庆，万象通灵，浩气充盈，精元氤氲。

祖先为谋生息，历经艰辛，刚健笃行，围垦筑堤，辟涂煎盐，循流浚河，拓展耕种，依水集居，聚族筑村，唐时永嘉盐场为十八大盐场之一。明代人文鼎盛，嘉靖首辅张公孚敬领军，名流辈出，一时风华神州，为东瓯文化之重镇。然地处海东一隅，战乱之苦可避，庙堂之恩难及，凡事唯凭独立自生，克难攻艰，赖以生存。历经海淹与倭患频难，宋乾道水潓，倾负飓灾，每临风痴，皆需筑堤拒潮；明倭寇常犯，自建城堡，众志独抗；清迁界禁海，流离颠沛，含辛茹苦。乡民不畏艰难，遵道行健，唯诚至性，聊以维生。

吾生于斯、长于斯之永嘉场，天生奇域，潮起平原，积沙成陆，左启瓯江，右腾飞云，天开宏境，博大气象。山海陆岛，天设俱美。世居耕读传家，文耀明德，传瓯越遗俗礼乐之质朴，承唐宋音韵语言之古纯，为世所罕矣！然近半世纪，先属永嘉，继入郊区，续划瓯海，调归龙湾，今分三区，浪迹浮萍，宿根焉植？自百年科举废除，继之乡绅消亡，文化浩劫，文事凋零，不堪哀哉也！虽卓识之士，振臂疾呼，无奈应者稀疏，何惆怅而独悲！

知音者高君永兴先生，三楚黄冈人士也。博思笃学，怀抱古今，深心豪素，兴多才高，为文奇古，儒雅风发，欣乐为吾邑龙湾著赋妙章。其文精邃深美，阐发微义，胸襟迈越，意境悠远。凭轩吟诵，为之赤胆诚挚，浩然可敬也！

缘情而感，随笔录记。

永嘉场蒙泉章方松

乙未大寒撰于鹿城双井头曦虚斋

龙湾赋缘起说

缘来就是缘，缘去即非缘。任他花开花落，且由风来雨去。也许世间万物真有灵性，万事皆有因缘。有时候，你确实不能不感到缘分的不可思议！与高君的相识，来自龙湾区广电新闻出版局潘旭宏局长的一次牵线。也正是那次偶然的普通聚餐，席间我与高君意气相投，频繁碰杯，豪饮互敬，觥筹交错，酒酣耳热之间确实妙不可言，喝酒畅谈，掏心掏肺，自觉大有一见如故、相见恨晚的清流遗风。当然，喝酒只是助兴，潘局邀高君撰写《龙湾赋》才是真实目的。虽然高君非温州本地人，但潘局曾与之共事于一个环保系统，相交甚笃，同时素悉高君古文功底扎实深厚，且对温州的人文历史颇有研究，常赋以成文，歌之吟之，如大珠小珠落玉盘，清脆悦耳，犹如天籁。其撰写《温州塘河赋》《温州生态园题记》《五福源记》《亨嘉会记》《一乒凤鸣赋》《归流赋》诸篇，皆为凤鸣朝阳之作，一时洛阳纸贵，点赞连连，赢得粉丝无数。

不是金刚钻，不揽瓷器活。作赋，一句话，难矣！故寥寥也。

一则辞藻华丽，乱花迷人眼，馨香惹人醉。

二则修辞迭出，忽而排山倒海，忽而泉水叮咚，非千耳万目必应接不暇。

三则合乎音律，读之铿锵有韵，听来抑扬顿挫，愉悦心志。

四则用典深奥，内容隐晦而繁杂，不注则难解也。

五则讽谏玄妙，微言大义，非坦荡高妙者不能为之。

但上述赋体特征还是技巧上、形式上的，更难的是一个地方的人文又往往是深远的、博大的、富有内涵和情感的，作为传统典雅的赋体，就不能仅仅是一些辞藻的堆积，一些历史的碎片的拼接……所以，今之人往往视为畏途，望而却步，纵使勉强为之，似有跳上打擂台，勇气虽可嘉许，但有上台容易下台难之虞、附庸风雅自娱自乐之嫌、哗众取宠好高骛远之讥。所以，没有九成乃至十成以上功力，岂敢华山论剑以求侥幸一胜乎？

赋之相比诗、词、曲，似乎更加雍容华贵、花团锦簇、艳丽非凡。在人心浮躁、物欲横流的当下，也似乎成了昨日黄花、末代公主，比『旧时王谢堂前燕』的结局还惨，连寻常百姓家也『飞不入』了，给人往往有今非昔比概不如初，大势去后皇太后无奈下嫁地痞流氓了，不可再辱、只欠悬梁自尽一途乎？

司马相如流传汉赋之《上林》《子虚》名载千古，一曲《凤求凰》赢得卓文君以身相许，成就才子佳人连夜私奔之佳话雅事。

茂林修竹，曲水流觞，少长咸集，群贤毕至，始有《兰亭集序》留世，悠悠千载，无人不击节叹赏，奉为经典。

写作如抽丝作茧，作赋更是不疾不徐，日日积之，久久自积。急则易竭，徐则日塞。重难轻易，人之常情。难得者常珍，易拾者常弃。高君构思《龙湾赋》期间，辗转反侧，夜不能寐，用心专矣。座谈会之后又实地踏勘，去张璁祖祠，到永昌古堡，登罗山之巅，看龙湾炮台，最后在乐湾岩头，听丁仙传说，忽获灵感，感觉神清气爽，心扉突然打开，心机忽然开窍；霎时心里充满一阵阵泉涌般的狂喜，一种复杂而美妙的创作骚动，如骨鲠在喉不吐不快，似顺流而下不可遏制，如海啸，似雪崩，于是乎迅速发酵、水到渠成、瓜熟蒂落，洋洋洒洒而滔滔不绝，下笔千言而信手拈来，以竟成初稿，随后敲敲打打、修修改改，语不惊人誓不休，为得一个字，捻断数根须，赋文乃自得，风流尽著矣！恰在此时，永兴旅意华侨马老振忠闻知此赋已成，大喜过望，心中一块石头落地。因为他策划设计的南桥书画碑廊，其内容往往拾人牙慧、缺乏新意，潘局曾指出其创新性不足、时代感不强，建议把《龙湾赋》刻于南桥碑廊，作为镇『廊』之宝，岂非美文美事，成就一段文化佳话乎？老马听罢，似有所悟，然后就恳请潘局旭宏出面，让龙湾书法名家楷体高手王昕书写全赋，以求锦上添花之意趣。正是：

马老做公益，潘局尽职责，高君感情义，王昕挥墨翰，君子坦荡荡，成就一番事。

多年来，马老热心公益，致力于家乡文化建设，先是独力创办吉夫图书馆，继是成立一腾书画院，又是举办南桥书画展……乐此不疲，孜孜不倦，名闻遐迩，声誉鹊起。因马老与我祖父相熟相知，故我常常以祖辈礼之。他也常常自我打趣说，往昔碌碌无为、默默无闻，不意老来却频频亮相，报上有名，电视上有声。我说，人在做，天在看，人生一切皆是因缘际会。高君永兴与公有缘，与永兴有缘，谋事在人，成事在天，冥冥之中自有天意也！

不过话得说回，今人写赋，其内心也凄凄惨惨戚戚，纠结于此甚盛，他人褒贬不一，毁誉并存，赞赏者钦佩不已，他终于费尽九牛二虎之力复活了一大群似曾相识又相当陌生的『汉字』，个个似乎悲欣交集地从远古地平线上向我们徐徐行来，仪态端庄，气质高雅，仿佛诗经里的窈窕女子，让人惊艳万分叹为观止！

无奈曲高和寡，写赋吃力不讨好，用典太深奥，用词太生僻，别人看不懂还会嘲笑你，不仅振振有词，而且初听也颇为在理。写赋『不能以辞藻掩饰内容的空虚，最好的作品以看不见辞藻为美』。于是，辱骂与唾沫齐飞，拳头和棍棒共舞，先知先觉者总是痛苦万分受尽折磨，皇帝的新装无人戳穿，美丽的谎言大行其道。第一只从地上站起来睁眼看世界的猴子最终被同伴杀死，呜呼哀哉！

那些古文妙手，有时往往被视为专意于文句上作功夫的人，给人一种轻才小慧之嫌。一个时代应有一个时代的语言，如今之网络语言，运用之妙，存乎一心，若勉强袭用、套用，其实无异于『复古』。而赋体韵文的『诗意』性，往往属于文化精英阶层的『小资情调』；而老百姓的日常生活无非是柴米油盐酱醋茶，口味也无非普通不过的酸甜苦辣咸，甚至于肉体感官很黄很暴力的所谓重口味。

其实，说句老实话，赋体于我，犹如刘姥姥进大观园，乡下人走城底，有一种门外人窥视门内的快感和丰富多彩，感受也就较为实在和真心。好在真金不怕火炼，珍珠总是要发光的。最后，笔者摘录最近所读的萧军大部头《延安日记（一九四〇—一九四五）》中的一段话来作为拙文的结束语吧，萧军说，自己想着以散文写作太沉闷，而且概括性小，为了描写一些琐碎的东西，常要费去很大力量，此后我致力于韵文，用韵文的作品—古今中外—使作品更提炼，更典型些，一切音乐成分全埋进作品字句里面去—形成一种自然的律动。

潘伟光

撰于二〇一六年六月二十五日

跋方立庭画作《罗山秀色》

山海钟秀，铸就人文。龙湾历史悠久，人文鼎盛，得罗山之灵秀，拓江海之境域，焕发风采，名闻东瓯。罗山尤为殊胜，自晋宋谢康乐游仙岩吟诗留踪迹，明代张璁于瑶溪创办罗峰书院，明嘉靖皇帝赐建贞义书院，明王瓒耕读双岙书院，明永昌堡王氏叔果、叔杲昆仲，筑建缭碧园，诸先贤营造人文，风雅神州，文脉千秋，延绵流长。

今有高君永兴先生感怀而作《龙湾赋》，文采神奕，超玄臻美，锦绣华章，雅人深致。永嘉场青年画家方君立庭兄为之感思兴发，欣然挥毫，应物象形，随类赋彩，而作《罗山秀色》。笔墨雄健，章法从容，皴擦渲染，浑厚蓊郁，神境际会，别有意趣。群峰昂立，苍茫悠远，林木叠翠，溪流如带，丘壑幽境，气象氤氲。

吟诵高先生之赋，观赏方君之画作，明代乡贤王叔杲《登大罗山顶》诗境，感召而来：

选胜跻名岳，千峰入望来。江流盘作带，山翠簇为台。

仙掌连云湿，青莲映日开。相将扪斗近，直欲御风回。

蒙泉跋方立庭画作『罗山秀色』

记于己亥惊蛰

乙未之歲木庫之年因與
潘君旭宏先有舊伏從所請
草創龍灣賦以共馮公振堂
仁丈刊石立碑云尔
王文考曰物以賦顯事以頌宣
匪賦匪頌將何述焉予始以為
然終則難諶回眸左右省
視而今但見競進之風猶急

事坎之俗饕淫五斯寢聲山高顏乎采菊二疏滅跡水曲頓乎投簪石可支機楚失驪齒之志流可泛槎由若洗耳之心放浪形骸京甚有忘歸之樂信屈聱牙韶武乃無味之音悲夫仲尼厄於陳蔡夸父僕於鄧

林夔妃閣於鈞曲居宋殆於
楚吟典籍之場窮歷篇
章之圃蕭森瑤華庶乎
寥落賦頌近乎陸沉墋黷
漫於宇宙莽蔡沸於塵
襟儇佻之氣一至於斯耶
伊龍灣以洞頭為表羅山為
古上繫天端襟帶水府頌神

州以延弘維滄海以翬匡邈
北辰而喧囂廁雲閣而覺寤
炳靈氣以氤氳攝精華
以合吐物則由庚人則合度人
文淵藪似有仲尼日月焉
或曰人聞長安樂則出門向西
而笑知肉味美對屠門而大
嚼予雖見識平庸才德

鄙薄然躡景非常希
風卓犖馳神梁園屬意
松巔柳絮風來薰葭露
落跨雲間之士龍騎日下
之鳴鶴稱子建之八斗遜
正平之一鶚乃踵武前賢
躡步邯鄲挹彼注此錯彩
交蘭芾六鼇而啼噓馮百

島而興歎雜蛟室以内奥

揆龍灣以大觀圖遠跡於

千里振長策於三端發

纖穠於簡古寄至味於

藻翰猶拙三途銘力一劃

偏絃獨張何可仰稱小

道空幽何可棄葛惟拋磚

引玉以待君子而已矣

有樂府魚龍曲曰昔有丁僊公

嶗山往返窮慷慨脫略志伴

與黃石叢天風裹雪浪崩雲

軋蒼穹江流猛礫辟羅浮

馭排空老媪駈涯溪奮緣

崖巖抵峯自謂海童夢茲水

僊路邅雁霜焦原悦阽危股

戾惘丁僊爰躍躍捷足既毋毋

紛披見蟲洞蝦蔟接龍宮

龍王惡匪人遣尔田嘉東阽

别贈散石載言有神一功睒

賜泥塗曠儜東廣瀉中駛

然投沙漲猝然如臥虹去

海四十里罔勞鞭石翁揚沙

漫布一濩珎恠湧倥傯大

荒蹐駁妍海鮮陸離豐天
浪水府國馮夷驅雲宗龍
灣名始顯蹕襲永殄風焚
海羅天地蠖略一飛衝
夫龍灣其僻而勝矣其時
而古矣且其小而大矣
尔其勝也出温谷履炎躔庇
扶桑浴甘淵夕陽山外太平

洋邊地雖黑子勢猶闐〻崇
隆則龍宮嶢闕沮洳則鮫
室珠璉噓焉則羅雲罟海噏
焉則載黃載玄處下位兮仰
八紘䅽朝宗兮納百川佔形
勝兮縱雄奇括巨麗兮弄
清妍羣精衛兮漸鴻陸鬱
青陽兮歊春煙亘左社兮

恒抱樸騰太昊兮試比肩區〻
龍伯蕩〻洞天五噫兩竄鳳
吹笙僊冥〻先覺爰居載
遷肸蠁攸名三足趣前禺强
東使鰲戴斯縣中原光宅
而圖大何如甌越醇壹而自偏
羣雄遂歷以蹴踰詎若騎
鯨向天而宴然

且夫其形[illegible]

圖合半規括乎玄都宗武

夷侍青牛倚金羅棹帆游居

納位表洞頭九凰將都壘神

茶庵羅浮甌江潭其北青

龍白龍迷飛雲橈其南白帝

白鳥儔歷飛入滄溟箕舌鎖

咽喉奚知武夷非度朔盤坳

登觚式桃株奔巘馳嶺三
千里騫龍渴飲而東趨於
是乎山水周陆而輻輳氣理
滃瀁而縈紆雄叢陋而湫隘
實勝理於天區
至若羅山拱拱闕德不回凴凴子
立氣格懔懔砥柱閬中綰轂
九垓闌干落瀚海可莫翟

斗魁岱嶽秀麗魯終南

若西來攬景入綺扉眄目接

崔嵬水旋蛟龍闢城環周

靈基雲髭偃掌合日暎蓮花

開霞被鵕鸃冠煙迷雁翎

盤天潢絕維漢揚帆靈鷲

橈於是乎光華外曄浩

氣内宣蘊〻靄〻靉靆綿〻

弥漫岑峯縹緲中天崇山
矗矗巃嵸巔巔巀嶭崎崛
蹇連屯邅谽呀澥谷豁
閒輞川老君藏拙畏壘去
賢羅浮夢斷今夕何年
其間冬溫南縈鬱鬱阡阡松
杉澗底著莪陰淵梓椅
蓊翳蘭杜高懸嶄巖

嵾嵳碨礧填填黃碤林冠磋
硖杪巔偃蹇傾崎不崩不
騫神形卓詭風情萬千騰
踔馳突顛頓翩躚或金鷄
獨立或龍脊蜿蜒或猿猱
夭矯或龜犀橫眠髣髴上
林林范圍宛若雲夢之
澤邊其泉則凛凛釁發亹亹

涓涓溪流玉石軼軼斯干
苔枝弄色筱媚清漣駃然
崩落猗靡嬋媛隨珠迸
濺雪沸冰旋渦渦霧縠皎皎
輕煙或帝嘯鏗耾或鳳鳴
清圓或幽噎管籥或萃
蔡琿弦是以流醪注碧天
河瓊漿猶漱瀣霜接露天

池玉液永淳犀山四塞或
為仇池無根之水絪維六合
或為博望槎浮之津其
姿妍焉柔橈而綽約其容嬌
焉清潤而和均其神韻焉
沉翕而涵蓄其質艷焉靡
曼而淵真而驪兮樓隆綠

珠風飄兮浣紗含顰嘽

暖兮霓裳青琹流藻兮

回雪洛神照嶙峋而嫵媚

暎蒼狗而清新攝碧字以

爛漫掐青冥而彌倫鑲碧

玉於干戚束蓷萎以錦

綸是以山因水婧水以山醇

洞坐顧公羅隱尖騷李王
寨城巖欲將軍叫客瀑
戲梅雨美人楊樸樓船安
在越王古都蛋湮千佛慧
光空悟僊巖貞義脩身
讀有寒潭白魚居則泓澄
隱鱗鳴呼溪山天下第一

若意羣芳爭春
爾其任也甌居海中蠻隅
夷陬斷髮文身衣魚食鷗
棲乎山巖睡乎漂舟寒足
泥沿東濕寢丘飆風雷動
或簸或蹂折木蜚屋六極
紛紛海吼崩摧如寇如仇尸
骸枕藉百里枕枕妻直叟呼

蕪穢長洲鐵鍵薦臻號
呼不雖臺駘焉往鯀禹焉
籌其毒大苦心心憂憂懲
羨吹斎奠奠由由是以壅
以以禦嚙厭以以沉牛後以瀌
浦澗澗綢繆堆埼屢蕩埽
不懲循案衍屢陵墾不輟

復往車錐折來輪方遒
夙夜雖懈盡怨休囚故而
長堤轇輵消滄瀏流湫湄
延屬坰野平疇
然天災可怨人禍難防河
泥蕩月大漢鷹揚曇雲湖
煙柳隴頭雲蒼絲恩之

徒屢犯羅平之儔跳梁
海精元末肆虐海潮隋唐
張狂迨至元明倭患熾昌
寔劉海壖性逾豺狼燒殺
奸擄喪盡天良烈焰彤
天斬馘懸墻兒聞止哭鬼
見斷腸沛德二妙慷慨

激昂招募鄉衆齦其奸
猖鋒鏑霑漬甲冑被創
視死如歸　血染疆場杲
果雙辟締構永昌唇齒
寧村犄角永興退可拒守
進可窮征勇毅篤行戒慎
矜矜戎狄是膺東瀛是懲

併境安民彈肆威棱倭寇
遠遁莫我敢承渙汗後葉
德懋繩〻至於清初海禁
驅民內徙清野五十里頹
隳幾千祀詔書殄寇歸
令雷磓急如星火迅如電馳
郡縣切峻如虎如貔州
司逼迫如熊如羆遲疑則喑

噫叱咤逋慢則捶拊鞭笞
頓踣兮黃髮顛沛淒慼兮
婦孺流離瑟瑟兮衣不蔽
體轆轆兮食不充饑煨燼
兮巢焚一炬踐藉兮罔有
孑遺榛莽兮家園牢落
丘墟兮故里倉夷飄飄兮玉
䰟風詠睠睠兮子容繪詞介介

兮鍾儀楚奏耿耿芋席前
夜思上横路下横路舊時横
塘東演跡龍船河中横河
往昔長河北衍溝遐武稀
徼在可憐幾度秋杜鵑啼
血苦魴魚赬尾憂長城飲
馬窟遠堤磷火幽肝腦塗
原隰珠淚濺龍湫骨髓汎

海沫脂膏洎洧流河山皆瀝
血菑斂漸四愁
然則載劬載勞既允既藏若
夫甌窶我疆我理東南其疇
禹甸畇畇黍稷油油深耕細作
廣種博收且山羅水罟珍怪
相酬天幬地載與共薦羞
若夫污邪載淖載鹵既黏

睨稠鹽坦斥斥壟畦裙參次
塗花白曬灘霜熬竈基鱗
次櫛比九甲珠排相攃挑夫
接踵越嶺鹺運連舳帆游
惟見爨煙滚滚不聞得寶歌
謳東南十鹽利佔鰲頭廟堂
刓印諸侯費留或清塵棲
海曲或紫馬逸東甌永強令

聞遐邇與屬解池徽猷其
俗也義利並舉其化也禮樂
率由其歸一也手藝百工其
出也鋤筭綢罘著醇醲以碌碌
沐南風而優之宗仁義之鄉
魯肯怵迫之仇繇耕三才以致
富習六藝而榮華鍾海山
之解秀闐寅亮於永嘉生
相國於蓬戶識海壇之漲

沙挽狂瀾於既倒奪[illegible]具
之沉渣大事去矣何能爲耶
惜非宋末三傑實乃圖強爪
牙即青輿之舊跡弔忠
魂於天涯恨子昂之碑圮
渺占城之煙霞於是乎里
有六尺巷閭巷百忍家南
僊龍熱草芙蓉五月花

橋陪趙建大埠畄鐵帽娃鏤
破往欲反品學辟黃瑕姜
字法天地正心攜清華介軒
集大成道迹而心遐任俠壽
張兒義配博浪沙瑤溪卧
龍吟詩成泣鬼神搖扇生清
風敢濟天下民比瀑落天外抵
讚發萬鈞恒譚識非經大禮

合人倫革故鼎新政茂恭孚
敬臣功過何須論令譽垂千
旬剛正不阿節智信廉義
仁羅東彦淵藪精曜於紫
宸爾今佛四海經世濟八
夤惟桑梓之敬止緒遺烈
之苦辛敢為天下先勇創
世界新是以高鐵長龍趣

海埠飛檨壯翼樓甌濱崇
攢巑而闐噎夏屋岌嶪
而嶙峋夷塗襄岸而經緯
周道列肆而圍輪連轄接
轂而映咽蒸徒聲耴而
紛綸絪絡燕雜縈太虛天
涯蹤闠若比鄰灼灼兮流
光溢彩熒熒兮堆玉砌珉熙熙

兮喬喬皇皇攘攘兮詵詵搖搖

嗚呼地瘠致賢孝困頓改

清貧多難可興邦天

酬龍灣人

介其大也東則建星牛斗

濯足玄淵暘谷西則濛汜咸

池枕首白雲敷木南抵五指

馬柱北戴空桑孤竹若嵩

目羅山巔優逸兜率宮

臨廣望憑百重巘朝曒
馭豐隆易陰陽貫鴻蒙意
曠朗而拓落心洗瀁而沖
瀜小魏武之碣石被宋玉之
王風嗟海賦之詭異咍河伯
之識懵子山小園而意大景
潕閑江而神通嗤彼岸
雕悍狼戾頹斯畔允執厥

中戎脩昔底德陷阱　鑒
晉楚爭霸途窮慎塔西
佗之效應革辟言不信
頹風踔重山之束厄蕩巖
阻之羈縻或碣涸於泮汗
或平步於溟池貿無塊壘
臆有通達洞庭其實咫尺

屈子恨未東馳湘江倘非北
去娥英勢必南隨嗚呼往
者不可諫來者猶可追大
雷岸有大念龍灣畔有非
羅歌於斯哭於斯聚家族
於斯焉有江郎之恨別安
得硯山之淚悲耶

右錄高永興先生龍灣賦
并序賦文二千五百七十六
字序言四百八十三字賦文
成文於乙未桂秋余隨後楷
書十條屏并刊石立碑於
康一南橋吉夫圖書館內
丙申桃月受先生所托又行
書長卷贈與私藏
戊戌暮秋從潘君旭宏先
生所請再書長卷且補先生

新近自序之作以共龍灣
博物館
噫嘻一文而三書質文而三
變何則緣情體物且時異
事殊之故也
刻碑勒石楷書爲宜故
條屏以唐楷爲範名士風
流趣於物外故丙申長卷
以行書爲要更因借宋元
筆意以爲林下風采之

趣也館閣不害莊重典
雅故戊戌之書又兼取隋
唐碑帖及太清樓帖等
行楷之法以體沉着豐腴
之妙也
子云曰書心畫也先哲法帖
法如煙海有限之軀難
窮無限之境余之所以
踵武前賢游藝纖緗而
樂此不疲者安貧樂道
體仁守真而已矣學之

一二僅得肤毛令縷羅如
此其慚負念鶴也歟

戊戌深秋

羅齋王昕并記

龙湾赋并序书法小记

右录高永兴先生《龙湾赋并序》，赋文二千五百七十六字，序言四百八十三字。赋文成文于乙未桂秋，余随后楷书十条屏，刊石立碑于康一南桥吉夫图书馆内。丙申桃月，受先生所托，又行书长卷，赠与私藏。戊戌暮秋，从潘君旭宏先生所请，再书长卷，且补先生新近自序之作，以供龙湾博物馆！

噫嘻！一文而三书，质文而三变！何则？缘情体物且时异事殊之故也！刻碑勒石，楷书为宜，故条屏以唐楷为范；名士风流，超然物外，故丙申长卷以行书为要，更因借宋元笔意，以适林下风味之趣也；而馆阁石室，庄重典雅，故戊戌之书，又兼取隋唐碑帖及太清楼帖等行楷之法，以体沉着丰腴之妙也。

子云曰：书，心画也！先哲法帖，浩如烟海，有限之躯，难穷无限之境！余之所以踵武前贤、游艺缣缃而乐此不疲者，安贫乐道、体仁守真而已矣！

学之一二，仅得肤毛，今缕罗如此，其惭凫企鹤也欤！

戊戌深秋罗斋王昕并记

答贈王昕先生爲
龍灣賦並序書法長卷
壓江流浮沸驚霄雲崩鷹靈
氣衝水府災星調海埏人從黃
石略物中白圭詮居向愚公谷耕
作有華田憑吊遺揺抱負待
後賢提刀周柱下放歌楚澤邊
虎嘯龍吟切長圖大念懸曲成

龍灣賦草就郢上篇託付成
風斫與共流水弦投公伊贈墨
寄傲豪忘筌不屑拜塵豈
可掃門前三宿桑下戀我度甕
間眠發響中郎竹赴節餘姑
泉翻葉何足惜勞君惠顧憐
跋歎素入木更喜筆如椽豪
菊謝塵滓筆劉化風煙浩

氣紫宇宙道勁撼山川揮
戈能卻日觸山可回天二王一
王振五行一行全字、珠璣湧
行、鴻鵠翩長幅八九丈深恩
百萬年小昊猶菜淵往蹇渡
來連懷帖過江客棄辭　負子
還情也莫若寧形也莫若緣
聊得一枝春聊與百世傳

戊戌葭月高永興撰

戊戌春平桐音館主

樵翁六劍畫鹿

永興先生方家大雅之

屬即正清腕

六劍病腕

答赠王昕先生为《龙湾赋并序》书法长卷

蠡江流浡沸，鸾霄云崩骞。灵气冲水府，灾星调海埏。
人从黄石略，物中白圭诠。居向愚公谷，耕作有莘田。
凭吊追遗哲，抱负待后贤。捉刀周柱下，放歌楚泽边。
虎啸龙吟切，长图大念悬。曲成龙湾赋，草就郢上篇。
托付成风斫，与共流水弦。投分伊赠墨，寄傲我忘筌。
不屑拜尘事，岂可扫门前？三宿桑下恋，几度瓮间眠！

发响中郎竹，赴节舒姑泉。刍荛何足惜，劳君惠顾怜。
既叹书入木，更喜笔如椽。豪翰谢尘滓，笔札化风烟。
浩气萦宇宙，遒劲撼山川。挥戈能却日，触山可回天。
二王一王摄，五行一行全。字字珠玑涌，行行鸿鹭翩。
长幅八九丈，深恩百万年。小旻犹芣苡，往蹇复来连。
柏舟何悄悄？澣衣赋思玄。怀帖过江去，弃璧负子还。
情也莫若率，形也莫若缘。聊得一枝春，期与百世传！

戊戌葭月高永兴撰。戊戌嘉平，桐音馆主、樵翁亦钊，书应永兴方家大雅之属，即请正腕。亦钊病腕。

图书在版编目（CIP）数据

龙湾赋 / 高永兴著. -- 杭州 : 西泠印社出版社,
2019.3
ISBN 978-7-5508-2682-3

Ⅰ. ①龙… Ⅱ. ①高… Ⅲ. ①赋—作品集—中国—当
代 Ⅳ. ①I227.9

中国版本图书馆CIP数据核字(2019)第060477号

龙湾赋

高永兴 著

出品人 江 吟
封面题签 陈 佐
责任编辑 叶康乐
责任校对 徐 岫
责任出版 李 兵
人物摄影 郑延根
装帧设计 方立庭
出版发行 西泠印社出版社
地　　址 杭州市西湖文化广场 32 号 5 楼 （邮编：310014）
经　　销 全国新华书店
排　　版 龍灣圖書設計中心
印　　刷 浙江深奥科技有限公司
开　　本 889mm×1194mm 1/16
印　　张 11
印　　数 0001-1200
版　　次 二〇一九年五月第一版 第一次印刷
书　　号 ISBN 978-7-5508-2682-3
定　　价 108.00 元

西泠印社出版社发行部联系方式：（0571）87243079